KEITAI
SHOUSETSU
BUNKO
野いちご SINCE 2009

猫をかぶった完璧イケメンくんが、
裏で危険に溺愛してくる。

みゅーな**

JN031240

○ STアRTS
スターツ出版株式会社

イラスト/Off

表の顔は誰もが憧れる完璧な後輩くん。

「人を頼ったりすることも大事だと思うので。あまり無理
しないでくださいね」

裏の顔は猫をかぶったとんでもない後輩くん。

「あんな胡散臭い笑顔に騙されるとか、おもしろ」

梵木柚和
×
那花咲桜

甘い誘いなんかに惑わされちゃダメなのに。

「咲桜先輩の唇甘くて好き……」

「甘くて俺のほうが溺れそう」

その甘さはほんとのキミ？

それとも──。

「俺の心をこんなかき乱せるのは……咲桜先輩だけ」

猫をかぶった完璧イケメンくんが、裏で危険に溺愛してくる。

人物紹介

梵木 柚和（そよぎ ゆわ）

高校1年生で、咲桜と同じ高校に通う。イケメン×秀才×性格も良い、誰もが憧れるお手本のような優等生。でもじつは、とんでもない素顔を隠している。

那花 咲桜（なばな さくら）

ピュアで自分の気持ちに素直な高校2年生。ある日電車で偶然出会った柚和の優しさとかっこよさに胸を射抜かれるも、彼の腹黒で甘々な裏の顔に振り回されて…？

吉野 風音
よしの かざね

咲桜と同じクラスで、仲の良い友達。いつも柚和との話を聞いてアドバイスをくれる。

萩野 千茅
はぎの ちかや

咲桜のクラスメイトの爽やかモテ男子。咲桜にはなぜかとびきり優しく、いつも気遣ってくれる。

あらすじ

高2の咲桜は、少し夢見がちなところがあるけれど純粋で素直な女の子。ある日通学電車の中で出会ったイケメン男子・柚和に恋をしてしまう。優しくてかっこよくて、まるで王子様みたいな彼は、なんと同じ高校に通う1個下の後輩くんだった！　偶然咲桜は腹黒な裏の顔を知ってしまった上に、なぜか仮の彼女に指名されちゃって…？

contents

☆
☆
☆
☆

第1章

ボタンが運命を引き寄せる？

「わわっ、電車に乗り遅れちゃう！」

　わたし那花咲桜、高校２年生。

　さっきまで遊んでいた友達と別れてから、ダッシュで改札を通ってホームへ。

　なんとかギリギリ電車に乗れたのはいいけど。

　うっ……人すごい。

　休みの日なのもあって、電車内は激混みでおしくらまんじゅう状態。

　走ったせいで息は乱れてるし、少し熱い。

　今は５月だけど、全力で走ったら汗もかくよね。

　こんなことになるなら、おとなしく次の電車まで待てばよかった。

　……なんていま後悔してもしょうがない。

　そのまま電車に揺られて３駅通過。

　そしてわたしが降りる駅のアナウンスが聞こえて、降りる準備をしようとしたら事件は起きた。

　ん？　あれ？

　なんか動こうとすると髪が痛い。

　もしかして、髪に何か引っかかってる？

　パッと目をそちらに向けると。

　え、うわ……どうしよう。

　わたしの髪の毛が、そばに立ってる人のカーディガンの

ボタンに引っかかってる……。

　なんとかして取りたいけど、人がすごくて思うように動けない。

　しかも、結構複雑に絡んでる……！

　苦戦してる間に、駅に到着してしまった。

　まさかこんなことが起こるなんて……。

　うぅ……これは仕方ない。

　このカーディガンの人が降りるまで辛抱だ。

　ここで一緒に降りてもらうわけにはいかないし。

　あぁ、ほんと今日ついてない——。

「この駅で降ります？」

「へ……？」

　真上から降ってきた声に、反射的に顔をあげてびっくり。

　うわ……この男の子すごくかっこいい。

　顔のパーツどこを見ても完璧だし、近くで見ても肌めちゃくちゃきれい。

　優しい雰囲気の中に凛々しさもあって、穏やかそう。

　下から見るアングルでも、こんなかっこいいって……。

　はっ、つい見惚れてしまった。

　その間に、男の子がわたしの手を引いて電車から降りた。

「降りるところ、ここでよかったですか？」

「え、あっ、はい！」

　もしかして、この男の子も降りる駅ここだった？

「それならよかったです」

　わぁ……笑った顔もキラキラまぶしい。

　こんなにかっこいい子、今まで出会ったことないかも。

「あと、少しじっとしててください」

「え？」

　男の子が、さらっとわたしの髪に触れて。

　ボタンに絡んでる髪を少しずつ、丁寧にゆっくりほどいてくれた。

「髪痛くないですか？」

「あっ、大丈夫です！」

「きれいな髪なので大事にしないと」

　最後に軽く毛先に触れながら、にこっとわたしに笑いかけた。

　この笑顔が、一瞬で脳裏に焼きついた。

　胸のあたりがざわざわしてる。

「大丈夫ですか？」

「うひゃっ……だ、大丈夫です……!!」

　いきなり顔を覗き込まれるの心臓に悪い……！

　しかも地味に距離が近いし！

　思わず少し後ずさりすると。

「じゃあ僕はこれで」

　最後にわたしの頭を軽くポンッと撫でた。

　これだけで、わたしの心臓の音はさらに加速中。

　……って、ちょっとまって。

　てっきり男の子は改札に向かうと思ったのに。

　なぜかホームで次の電車を待ってるではないですか。

「え、電車……」

　わたしの声に反応して、男の子がこっちを向いた。

「あぁ、僕のことなら気にしないでください」

「も、もしかして降りる駅ここじゃなかったですか?」

「うーん、どうでしょう」

　いやいや、はぐらかしてる時点で、ぜったいここじゃなかったよね?

　もしかして、わたしを気遣ってわざわざ一緒に降りてくれた?

　でも、ボタンに髪が引っかかってたことも、この駅で降りたいことも……何ひとつ言ってないのに。

　まさか、それにぜんぶ気づいて……?

　いろいろ考えてる間に電車が来た。

「それじゃ、気をつけて帰ってくださいね」

「え、あっ……まっ——」

　引きとめようとしたとき、もうすでに男の子は電車に乗っていた。

　男の子は電車の中から、笑顔で手を振ってくれた。

　ちゃんとお礼言えなかったな……。

　それから少しの間、わたしはホームに突っ立ったまま。

「うぅ、あの笑顔であんな優しいのずるい……」

　頬に触れると、さっきよりも熱い。

　それに、さっきのわたしに向けられた笑顔が忘れられなくて。

　交わした会話も、ほんとに少しだったのに。

　我ながら単純かもしれない。

けど……。

「どうしよう、胸のドキドキが止まらない……」

　恋_{こい}に落ちた音がした。

＊　＊　＊

　休み明け。

　いつも通り電車で学校へ向かう。

　朝のこの時間は通勤通学_{つうきんつうがく}ラッシュで、電車に乗るのもひと苦労_{くろう}。

　人の間に挟_{はさ}まれて、押_おしつぶされそう。

　電車が揺れると人も動くから。

　つい最近出かけた休みの日よりも人がすごい。

　いつもの光景_{こうけい}と変わらないのに、電車に乗るとあの男の子のこと思い出しちゃう。

　こんなことはじめて。

　もう一度会いたいけど。

　そもそも名前もどこに住んでるかも知らないし。

　見た感じ、わたしと同じ高校生くらいだったかな。

　せめてどこの高校かわかればなぁ。

　学校の最寄_{もよ}り駅まであと３駅。

　……なのに、気分が悪くなってきた。

　下を向いていろいろ考えてたせいかな。

　それに今日は雨だから頭も痛い。

　あと少しで最寄り駅だし、もう少しの我慢_{がまん}……。

　って思ったら、電車が揺れて人の波がドッと押し寄せてきた。

　うっ……まってまって。

　このままだとほんとにつぶれちゃう。

　気分も悪いし、頭グラグラするし。

　このまま倒れちゃったりしたらどうしよう──。

「大丈夫ですか？」

　少しボヤッとする意識の中、はっきり聞こえた声。

　あれ、どこかで聞いたことあるような。

　ゆっくり顔をあげたら。

「あ……この前の」

　さっきまでの気分の悪さが、ぜんぶ飛んでいきそう。

　それくらいびっくりして、思わず目をぱちくり。

「また偶然会いましたね。今日は体調悪いんですか？」

　まさかのまさか。

　あの男の子と再会できるなんて。

　これは偶然というよりミラクルなのでは。

「この前会ったときより少し顔色悪いですし。無理してないですか？」

　優しい、優しすぎるよ。

　わたしが体調悪いことにも気づいてくれて、心配して声をかけてくれた。

　こんな王子様みたいな理想の男の子、今まで出会ったことない……！

「もし話すのもつらかったら、僕に寄りかかってください。

これだけ人が多いと、小柄な人は大変ですよね」

　わたしが苦しくならないように、少しスペースを取って
くれて。

　おまけに、わたしが寄りかかれるようにそっと抱きしめ
てくれた。

「ご、ごめんなさい。この前から迷惑ばかりかけちゃって」

「いいえ、気にしないでください。それより、同じ学校の
先輩だったんですね」

「え？」

　あれ、たしかによーく見ると男の子の制服めちゃくちゃ
見覚えある。

　それに、校章の色がわたしの学年のひとつ下の赤色。

　つまり、彼は同じ学校でしかも後輩くん。

　名前は梵木柚和くんっていうらしい。

「この前会ったときはお互い私服でしたもんね」

「わたしより年下なんてびっくりです」

　容姿が大人びてるし、ここまで気遣いができて落ち着い
てるから。

「僕のほうが後輩なんで敬語使わなくていいですよ」

「え、でも」

「もう駅に着きそうですね」

　さっきまでの気分の悪さと頭痛はどこへやら。

　気づいたら最寄り駅に到着。

　電車から降りると、梵木くんは人の波に流されて階段の
ほうに行っちゃう。

　同じ学校とはいえ、もう話せる機会ないかもだし。

　お礼を言うなら今しかない……！

「あのっ、この前と今日助けてくれてありがとう……！」

　とっさに梵木くんのブレザーの裾をキュッとつかんでしまった。

　一瞬、梵木くんがびっくりした顔をして。

　でもすぐに、前みたいな優しい顔で笑いかけてくれた。

「人を頼ったりすることも大事だと思うので。あまり無理しないでくださいね」

　あぁ、どうしようどうしよう。

　また胸がドキドキうるさいよ。

　まだ出会って間もないのに、こんな気持ちになるなんて。

　きっとこれってひとめ惚れ。

　だって、こんな完璧なイケメン後輩くんに優しくされたら、誰だって夢中になっちゃうよ。

　那花咲桜、17歳──どうやら後輩くんに恋してしまったみたいです。

＊　＊　＊

「さ……くら……」

「…………」

「咲桜ってば」

「……はっ！　風音ちゃん！」

「どうしたの、ボーッとして。何か考え事？」

「考え事っていうか、悩み事というか。風音ちゃん聞いて！」

　ホームルームが始まる前。

　わたしの友達である吉野風音ちゃんに、早速梵木くんのことを相談。

「へぇ、そんなことがあったんだ。で、その咲桜のお眼鏡にかなった後輩くんはどんな子なの？」

「梵木柚和くんって名前でね！　見た目はもうそれは完璧で、優しいだけじゃなくて気遣いもできる子でね！」

「あー、梵木くんか。ものすごく有名な子だよねぇ」

「有名!?　もしかして芸能活動してるとか!?」

　あれだけのルックスの持ち主なら、ありえなくもない話だよね。

「違う違う。学園内で有名ってこと。ってか、咲桜が梵木を知らないってことが衝撃だよ」

　どうやら、わたしが惚れてしまった梵木くんは、学園内で知らない人がいないと言われるほどの有名人らしい。

「咲桜はいろんな情報に疎いもんねぇ。咲桜くらいじゃない？　梵木くんのこと知らないの」

「えぇ……そんな有名人だったの？」

　自分の情報の疎さに、自分でびっくりしたよ。

　風音ちゃん情報によると、梵木くんは学年問わずの人気ぶりらしく。

　見た目が完璧なうえに、かなりの秀才。

　入学試験は満点でトップ合格。

　それを鼻にかけてるわけでもなく、むしろものすごく

謙虚で温厚な性格。

　みんなに優しくて誰もが憧れる、まさにお手本のような優等生――それが梵木柚和くん。

「まあ、あれだけ完璧でおまけに優しくされちゃうと、咲桜みたいに夢中になる子も続出するよねぇ」

「か、風音ちゃんどうしよう」

「ん？　なにが？」

「梵木くんのこと考えるだけでドキドキしちゃって……！」

　あんな素敵な男の子の虜にならないわけがない！

「咲桜は相変わらず思ったことすぐ口にするよね。真っすぐっていうか。もしかしたら梵木くんとこのまま恋に発展しちゃったりしてね」

「梵木くんがわたしの理想の王子様すぎて……！　現実的じゃないってわかってるけど、それでもあんな男の子に優しくされたら夢見ちゃうよ……！」

「まあ、でも相手は超絶モテるハイスペ男子だからねぇ。ほとんどの女子が夢中だし、彼女になりたい子なんて山ほどいるんじゃない？　つまり、梵木くんは選び放題ってわけだよ」

「うぅ、でも諦めたくない」

「梵木くんが選び放題なのは事実だけど、咲桜は可愛いんだし頑張ってみたら？」

　まだお互いの存在を知ったばかりで、距離は遠いけど。

　ちょっとずつ梵木くんのことを知って、梵木くんにもわたしのことを知ってもらいたい！

「わたしにも可能性あるかなぁ？　頑張る!!」
　これから憧れの後輩、梵木くんに少しでも近づけますように……!!

猫かぶり王子様降臨。

　梵木くんにひとめ惚れしてから早くも数日。

　残念ながら、あれから特に進展はないまま。

　そもそも学年が違うのが運の尽き。

　だって、１年生と２年生じゃ教室のフロアが違うし。

　この前みたいに朝の電車で会えるかもって期待したけど、見かけることなく。

　梵木くんと会えるきっかけが、まったくございません。

　うぅ、せっかく同じ学校なのに。

　あの奇跡みたいな出来事、また起こってくれないかな。

　もうさすがに３度目はないかぁ……。

　──って、諦めかけたとき。

　どうやら恋の神様は、わたしに味方してくれたようで。

　放課後、なんとなんと偶然にも梵木くんを発見。

　これは今、声をかけるチャンスなのでは!?

　……と思ったら、梵木くん誰かを待ってる様子。

　あれ、今は声かけないほうがいいかな。

　思わず近くにあった茂みに、こそっと隠れてしまった。

　しばらくして、梵木くんの前にひとりの女の子が現れた。

　うわぁ、めちゃくちゃ可愛い子だ。

　ふわふわの巻き髪に、目がとっても大きくて女の子らしさ全開。

　少し遠くから見ても、これだけ可愛いって……。

「梵木くん、突然呼び出しちゃってごめんね」

　ふたりっきりで、この空気感……。

「ううん、全然大丈夫だよ」

　女の子の頬が徐々に真っ赤になってるのを見て、ほぼ確信した。

「あの、じつはわたし入学したときから梵木くんのことが好きで……っ。どうしても気持ちを伝えたかったの」

　やっぱり告白だ。

　そもそも梵木くんって彼女いるのかな。

　かっこいいし、性格もいいし、モテるから彼女がいてもおかしくない。

　もし彼女がいたら、わたしのひと目惚れから始まった恋も終わりを告げてしまう。

　告白してるのはわたしじゃないのに、梵木くんがなんて返事をするのかこっちまでドキドキ。

「そっか、ありがとう。気持ち伝えてくれて」

　告白を受けるのか、それとも断るのか。

　人の告白場面を覗き見するのはよくないけど……！

　どうしても気になって、梵木くんの答えを聞いちゃう。

「けど……ごめん。今は誰かと付き合うとか考えられないんだ。気持ちに応えられなくて本当にごめんね」

　わぁ、断り方までなんてスマートなの。

　表情と声のトーンから、本当に申し訳なさそうなのが伝わってくる。

「で、でも彼女はいないんだよね……？　少しでも可能性

ない……かな」

「彼女はいないよ。今は恋愛よりも学業を優先したいんだ。もし僕の彼女になったとしても、寂しい思いをさせることになるだろうから……そんな思いさせたくないんだ」

　そ、そっか。

　彼女はいないけど、今は恋愛する気がないんだ。

　だとしたら、わたしが告白しても同じ答えが返ってくるだけ。

　最初からわかってたこと。

　梵木くんはみんなの憧れで、梵木くんの特別になりたい子はわたしだけじゃないって。

「僕に伝えてくれた想いはしっかり届いたよ。気持ち伝えるって勇気のいることだよね。ありがとう、僕を好きになってくれて」

　女の子はコクッとうなずくと、涙を隠すように梵木くんの前から立ち去った。

　梵木くんに彼女がいないことは知れたけど。

　本人に恋愛する気がない＝わたしも振られる、というルートが完成。

　つまりこれは、わたしが梵木くんにアピールしたところで、迷惑なだけなのでは？

　ひとめ惚れから始まったわたしの恋は、すでに叶わず撃沈寸前。

　でも、今の梵木くんを見て思った。

　自分を好きな相手からの告白を断るのは、きっとつらい

こと。

けど、相手の気持ちを汲み取って、言葉を選んでるところが優しい梵木くんらしいな……と。

だから、わたしもここで梵木くんへの想いを胸の中にしまって。

梵木くんの気持ちを優先して――。

「チッ……時間だいぶ無駄になった」

……ん？　んん？？

「はぁ……告白とかほんとだるい」

あれ、いま喋ったのは誰？

「ってか、一度断ったんだからそこで折れてくれたらよかったのに。しつこいよなぁ」

え、えっとぉ……これはいったい。

梵木くんが、まったく梵木くんらしくないセリフを吐き捨てているのですが。

さっきまでの優しい笑顔はどこへやら。

口角まったく上がってないし、表情筋死んでない!?

えっ、今ここにいる梵木くんは、わたしが知ってる梵木くんと同一人物……!?

ちょ、ちょっと待って。

いったん頭の中を整理しないと――って、梵木くんがどこかに行っちゃう！

状況が理解できないまま、とりあえず梵木くんのあとをついていき。

たどり着いたのは、あまり使われていない別校舎。

　ここってたしか、書庫とか資料室があるところだよね。

　授業では使われていない校舎で、生徒はあまり立ち入らないって聞いたことある。

　そんなところになんで梵木くんが？

　校舎の少し古い扉を開けて、梵木くんがさらに中へ。

　階段をのぼって、いちばん奥の部屋。

　そこに梵木くんが入っていった。

　こっそりついてきちゃったけど。

　今さらになって、さっきの梵木くんは幻なんじゃないかと思い始めてきた。

　だって、あの完璧で優しい梵木くんが、あんな言い方する？

　うん、さっきのは梵木くんじゃなかった。

　そうそう、わたしが憧れてる梵木くんは今も健在——。

「あー……だる」

　うわぁ……まって。

　この声ぜったい梵木くんじゃん。

　わたしの知ってる梵木くんと、今ここにいる梵木くんと人格が違いすぎて……！

　この部屋の中にいるのは、間違いなく梵木くんだよね？

　頭の中パニック状態で、中を覗き込もうとしたのが失敗。

　扉に手をついた瞬間、ガタッとかなり大きな音が。

　わわっ……やってしまった。

　もしかしたら、バレてない可能性も——。

「……で。今そこにいる人は誰ですか？」

　あるわけないですよねー……。

　声のトーンからして、わたしがここにいるのを知っていたかのよう。

「さっきから僕のあとつけてきてますよね？」

　あぁ、そこまでお見通し。

　ここまで来たら、逃げ場なし。

　恐る恐る扉を開けて、中を覗き込むと。

「あー……なんだ。先輩だったんですね」

　ソファにドーンと座って、脚を組んでる梵木くん。

「どうぞ、中に入ってきてください。いろいろ聞きたいことあるんで」

　"いろいろ聞きたいことあるんで"ってところだけ、声のトーンがすごく低かったけど……!!

　逃げられるわけないよね？って、圧すごいし。

　中に入って話をする、これ一択しかない。

「それで、どこから見ていたか洗いざらい話してください」

「え、えっとぉ……梵木くんが告白されて、爽やかにお断り……したところまでしか見てません！」

「ほんとですか？」

「もちろん！　舌打ちとかため息とか聞いてないです！」

「…………」

　あれ？　梵木くん、顔笑ってるのになんか怒ってる？

　表情と感情が一致してなくない……!?

「あーあ……僕としたことが、他人に本性がバレちゃうなんてなぁ」

「ほ、本性？」

「今まで誰にもバレずにうまくやりすごしてたのに。先輩のせいで台無しです」

　いやいや、そんな笑顔で言われても怖いんですけど!!

　ってか、なんでわたしのせい……!?

「あ、あの……つかぬ事をお聞きしますが、あなたは梵木柚和くんですか？」

「そーですけど。何か問題あります？」

「も、問題大ありです!!　わたしの知ってる梵木くんじゃないのですが！」

「へー、それで？」

「梵木くんの豹変ぶりがすごすぎてですね！」

「先輩、人には裏表があるって聞いたことありません？」

　ウラ、オモテ？

「いや、えっとぉ、梵木くんはそんなのないと思ってまして」

「僕も人間なんで裏くらいあるし。普段はうまく隠してるけど」

　うまく隠しすぎて、裏を見たときの衝撃がものすごいのですが!!

「僕、人にいい顔するの得意なんで。憧れの優等生でいれば、何不自由なくみんな勝手に僕を慕ってくれるし」

　梵木くんが喋るたびに、ますます混乱してきたよぉ……。

「別に気持ちとかこもってなくても、それなりの声のトーンで表情を作っておけば、それらしい感じになるんで」

　つまり、今までわたしが憧れていた梵木くんは表の顔。

　いま目の前にいる梵木くんが、裏のほんとの顔。

「僕は常に損得で動く性格なんですよね。頭を使って動く
ほうが賢いって学んできたんで」

　あんなに優しかった理想の王子様が、まさかの猫かぶり
王子様だったことが発覚。

　これは学園中の誰も知らないこと。

　つまり、みんな梵木くんの表の顔に騙されてるってこ
と!?

「信じられないって顔してますね」

「だ、だって……あんなに優しかった梵木くんが……うぅ、
信じられない!!」

「信じられなくても、これが真実ですよ」

　世の中、知らないほうが幸せだってこともあるって聞い
たことあるけど。

　まさに今その状況……!

　わたしの理想の梵木くん像が、バリンッと壊れた瞬間
だぁ……。

「あと、この部屋の存在も口外しないでくださいね。せっ
かくの僕専用の部屋なのに、誰かに押しかけられるとか
勘弁なんで」

　つまり、今の状況をまとめると。

　みんなが知ってるのは、あくまで表の顔で。

　本当の梵木くんは、裏の顔を持つ猫かぶり王子様。

「今のことぜんぶ言いふらしたら、どうなるかわかる？」

「ひっ！　なんか黒いオーラ見えてるよ!?」

　もう抑える気まったくないんじゃ!?

「当たり前じゃん。本性バレた人にまでニコニコする理由
ある？」

「えぇ!?　あの笑顔も作りものなの!?」

「あんな胡散臭い笑顔に騙されるとか、おもしろ」

　む、むりむり！！

　ブラック梵木くんが絶好調すぎて！

　もはやわたし悪い夢でも見てるのでは!?

　それとも、この梵木くんが幻……!?

　ダメだぁ……いろいろ起こりすぎて混乱してきた。

「このこと、周りに言いふらそうなんて頭の悪いこと考え
てたりする？」

「あ、頭悪い!?」

「黙っておいたほうが身のためだと思うけど」

　なんでわたしが脅される側なの!?

　秘密がバレて困るのは梵木くんのほうじゃない!?

「先輩がどうしても言いふらしたいなら、僕が先輩にストー
カーされて困ってますって周りに言っちゃおうかなぁ」

「えぇ!?　わ、わたしそんなことしてないよ!?　そんな嘘、
誰も信じてくれないと思うけど！」

「嘘でも周りをうまく巻き込めば、本当になるんだよ」

　ひぃぃ……な、なんて子なの……!!

　それに、気づいたら敬語取れてない……!?

「それに、僕と先輩じゃ周りからの信頼度が違うから。周
りは僕と先輩、どちらの言うことを信じると思う？」

　うぬ……これはいっさいわたしに勝ち目なし。

　梵木くんもそれをわかってるかのように、すでに勝ち
誇った顔をしてる。

　うぅ、こんな梵木くん知らない……!!

　わたしの理想の梵木くんは、いったいどこにいっちゃっ
たの!

「従ってくれるよね、先輩?」

　梵木くんが理想の王子様なんて、ぜんぶ撤回!!

王子様の秘密を知った代わりに。

　梵木くんの衝撃的な裏の顔を知ってから1週間。

　ぜったい誰にも言いふらさないと約束したので、ちゃんと守ってるけど。

　だってそうでもしないと、わたしが梵木くんのストーカーしてるなんて嘘の情報を流されちゃうし。

　もしそんなことになったら、学園中のあらゆる人からの信頼を失って恨みを買うことになりそう。

　はぁぁ……それにしても、あんないい子に裏の顔があったなんて。

　いまだに信じられないというか。

「うぅ、ぜんぶ嘘だと思いたい……」

「何が嘘なの？」

「ふへ……あっ、萩野くん！　おはよう！」

　登校して早々、机に突っ伏してたらクラスメイトの萩野千茅くんが声をかけてくれた。

「おはよう。朝から元気ないね。どうかした？」

「う、ううんっ！　ちょっと考え事！」

　萩野くんはクラスの人気者で、とにかく温厚で誰にでも優しいし、めちゃくちゃ爽やか。

　茶色の少し暗めの髪に、耳元にさりげなく光るシルバーのピアスがよく似合ってる。

　これだけ素晴らしいと、女の子からも絶大な人気を誇る

わけで。

　クラスメイト何人か、すでに萩野くんを狙ってる子もいるらしく。

　とにかくモテる萩野くん。

　そんな萩野くんとわたしは、席が前後でよく話したりするんだけど。

「那花さんの考え事って気になるな」

「いやいや、そんな大したことじゃないからね！」

「まあ、無理には聞かないけど。また気が向いたときにでも話してよ」

　相変わらず爽やかだなぁ。

「萩野くんは裏表なさそうだよね」

「え？」

「……はっ、今のはなんでもないよ!!　スルーしてね！」

　危ない危ない！

　つい思ったことを口にしてしまった。

　別に梵木くんのこと言ったわけじゃないし、ほぼセーフだよね？

「今の気になっちゃうな。それが那花さんの考え事？」

「い、今のは萩野くんに対して思ったことで！　考え事とはまったく関係なくてですね！」

　あぁ、喋れば喋るほど墓穴を掘っていくような。

「ふっ、じゃあそういうことにしておこっか。裏表がないのは那花さんもじゃない？」

「ど、どうかな」

「少なくとも俺が知ってる那花さんは、いつも明るくていい子だよ。あと、考えてることが表情とかに出やすいよね。嘘つけないタイプでしょ？」

「うっ……萩野くんの分析力すごい」

「ははっ、那花さんわかりやすいしね。俺はそういうところも那花さんの魅力だと思ってるよ。素直っていいことだもんね」

　萩野くんいい人すぎる……。

　ただのクラスメイトのわたしを、ここまでほめてくれるなんて。

　女の子みんなが、萩野くんに夢中になっちゃうのもわからなくもない。

＊　＊　＊

「なんか咲桜元気なくない？」

「風音ちゃん……人の性格とは、いろいろ考えさせられるものがあるんだね」

「いやいや、いきなりどうしたの」

「目に見えるものがすべてとは限らないというのを学んだわけですよ」

　梵木くんのこと、風音ちゃんだけに相談しちゃダメかな。

　風音ちゃんは秘密にしてほしいっておねがいしたら、ぜったい守ってくれるし。

「そういえば、咲桜が気になってる梵木くんさ」

「な、なななに!?」

　ま、まって。

　梵木くんの名前を聞くだけで心臓に悪い!

　まさか風音ちゃんのほうから梵木くんの名前が出てくるとは。

「噂で聞いたんだけど、梵木くんって学園でかなり特別扱いされてるらしいんだよね」

「へ、へぇ」

「お父さんが大企業の社長さんみたいで、学園に結構寄付してるらしいよ」

「な、なるほど」

　あぁ、だからあの梵木くん専用部屋みたいなのが許されてるんだ。

　つまり、梵木くんに逆らう＝学園ごと敵にまわす……みたいな?

　ひぃぃ……なんて恐ろしいの……!

　裏でいろんな権力が働きそう。

「咲桜が憧れるのも無理ないね。何もかも揃ってるから、まさに完全無欠って梵木くんみたいな子をいうのかもねぇ」

　たしかに、ほんの少し前までは憧れてたよ。

　けど、あの裏の顔を知っちゃったら、なんと返していいのか。

　風音ちゃんも、わたしがあんまり話にのってこないから、ちょっと不思議そうにしてる。

「咲桜はあれから梵木くんと話したの?」

「は、話したというか、話してないというか……」

「それどっち?」

　や、やっぱり風音ちゃんには言っちゃおうかな。

「か、風音ちゃん。梵木くんってじつは——」

「咲桜せんぱーい」

　ん?　いま廊下のほうから誰かに呼ばれた?

　しかも "咲桜先輩" って?

　それに今の声どこかで聞き覚えがあるような。

「あっ、こっち向いてくれましたね」

　っ!?　な、なんで梵木くんがここに!?

　しかもこのタイミングで!?

　ってか、普通に教室の中に入ってきてるし!

「僕が呼んだのに無視するなんて冷たいですね」

　営業スマイルがまぶしすぎる……。

　今こうして笑ってる顔も、本心とはまったく違うだろうから、あなどっちゃいけない。

「咲桜先輩、僕の声聞こえてます?」

「ひっ!　か、顔近い……!!」

　梵木くんがわたしに目線を合わせるように、顔を覗き込んできた。

　これにびっくりしたのは、わたしだけじゃなくて周りの女の子たちも。

　「え、那花さんと梵木くんってどういう関係?」とか「ふたりの接点って何もなくない?　なんで梵木くんがわざわ

ざ那花さんに会いに来てるの？」とか……。

　すでにざわついている教室内。

　周りの視線が、一気にわたしたちに集中……。

　そばにいる風音ちゃんも何事？って顔してる。

　これは早いところ梵木くんに立ち去ってもらうしか

ないのでは──。

「ところで、今なんの話をしてたんですか？」

「え、あ、いやっ」

　梵木くんの本性について話そうとしてました……なんて

口が裂けても言えない──。

「もしかして僕のこと噂してました？」

「っ!?」

　なんでズバッと当てちゃうの!?

　まさかわたしが風音ちゃんに話そうとしたところ聞かれ

てないよね？

「ふっ、図星ですか？」

「えぇっとですね、断じて梵木くんの名前などは……」

「言い訳すると余計苦しいですよ？」

　うぅ、完全にアウト……見透かされてる。

　こっちの手の内が丸見え状態。

「ちょっと咲桜先輩借りてもいいですか？」

　梵木くんが風音ちゃんに尋ねると。

「あぁ、どうぞー」

　風音ちゃんは、すんなりオッケー。

　そしてわたしはそのまま梵木くんに連れられて、教室の

外へ。

　教室を出るギリギリまで、周りの視線とざわめきがすご
かった。

　これはあとでぜったい風音ちゃんに事情を聞かれる。

　けど、なんて答えたらいいの……！

　というか、今はそれよりも梵木くんに連れ出されてる状
況がピンチなのでは……？

「え、えっと梵木くん？　いったいどこに……」

「先輩とじっくりふたりで話ができるところです」

　ひぃぃ……めちゃくちゃ笑顔。

　──で、連れてこられたのは、別校舎の例の部屋。

　梵木くんに手を引かれて、一緒にソファに座った。

「さて、咲桜先輩は今から僕に何されると思いますか？」

「尋問（じんもん）……でしょうか」

「いえ。咲桜先輩が僕の本性をバラそうとしてたのはわか
りきってるので」

　あぁぁ、ですよね。

　これ以上いろいろ言っても、ぜんぶ論破（ろんぱ）されそうだから
黙ってるほうが賢明（けんめい）かもしれない。

「と、ところで梵木くん。どうしてわたしのクラスに？」

　ここは話をうまくそらす作戦……。

「咲桜先輩が僕のこと言いふらしてないかなぁって」

　……見事に失敗。

　まさに言おうとした瞬間だったよ。

　それを察知（さっち）する能力があるって、もはやエスパーなので

は？

「ひどいなぁ。僕のこと悪く言おうとしたんですよね」

「悪くっていうのは、語弊があるような！」

「えー、でも秘密にするって約束しましたよね？」

「うっ、それはそうだけど！」

「じゃあ、約束を破った咲桜先輩が悪いってことで」

「えぇ!?　わたしが悪いの!?」

　もとをたどれば、梵木くんが本性を隠してるのが悪いのでは!?

　というか、それよりもずっと気になってるのが。

「あの、梵木くん？　ひとつ聞いてもいいでしょうか」

「どうぞ」

「さ、さっきからわたしのこと下の名前で……」

「呼んじゃダメですか？」

「や、えっと、ダメではないんですけど」

　あまりにさらっと呼ぶから。

　男の子に下の名前で呼ばれるの慣れてないのに。

　それに、梵木くん距離近いんだって……！

「咲桜先輩」

「ぅ……あ、あんまりこっち見ないで……っ」

　うぅ、恋愛経験値が低すぎて、ドキドキしないほうが無理……！

　恥ずかしさに耐えられなくて下を向いたのに。

　梵木くんがすくいあげるように、目線を合わせてくる。

　間近で目が合うだけで、心臓はバクバク。

　顔も火照ってるような感覚。

「顔真っ赤なの可愛いね」

「うや……っ」

　むりむり……っ。

　触れる体温も、絡む視線も熱くて、ドキドキが掻き立てられるばかり。

　もうほんとに耐えられない……っ。

　とっさに両手で顔を覆ったのに。

「せっかく可愛いのに……隠さないでもっと見せて」

「あぅ……」

　あっさり両手をつかまれて、余裕そうな梵木くんが笑顔で見てくる。

　こんな甘い梵木くん知らない。

「か、可愛いって言うのダメ……っ」

「なんで？」

　耳元で甘くささやかれて、くすぐったい。

「み、耳も……ダメ」

　フッと甘い息がかかると、身体が勝手に反応しちゃう。

　それに。

「……ダメなんて言われたら、もっとしたくなるのに」

「ひゃ……ぁ」

　今わかりやすく体温があがった。

　だ、だって今……微かに梵木くんの唇がわたしの耳たぶに触れて。

「先輩気づいてる？」

「ふぇ……」

「そういう反応、めちゃくちゃそそられるって」

　耳たぶに触れてるだけの唇が、わずかに動いて。

　少しだけ強い刺激のせいで、肩がピクッと跳ねちゃった。

「い、いま……耳たぶ……か、噛んだ……っ」

　ぜったいからかわれてるだけなのに。

　わかりやすく反応しちゃうのやだ。

「さっきよりも顔真っ赤……かわいー」

「なぅ……」

　い、いつもの梵木くんじゃない。

　それに、これが本心とも限らない。

　だって、梵木くんは自分を隠すのが上手だから。

「もう、止まって……っ」

「咲桜先輩って男に慣れてなさすぎ」

　グイグイ迫りくる梵木くん。

　これを回避するにはどうしたら……！

「先輩聞いてる？」

「き、聞いてる……っ！　だって、わたし彼氏いたことないし、こういうことしたことない……もん」

　またからかわれちゃう……かも。

「へぇ。じゃあ、俺が教えるのもありか」

「は……い？」

　今のどういう意味？

「先輩は彼氏とかほしい？」

「ほ、ほしい……けど」

「じゃあ、決まり」

　え？　何が決まりなの？

　梵木くんひとりで完結してない？

　わたしにもわかるように説明を……。

「俺の相手してよ、咲桜先輩」

　梵木くんのきれいな指先が、わたしの唇に触れた。

　それはもう、あきらかに危険な触れ方で。

「ま、まって！　そういう関係ってよくないような」

　梵木くんのペースに流されちゃダメ。

　このままじゃ、都合のいい女的なポジションになるの目

に見えてるし！

　焦るわたしとは対照的に、梵木くんからとんでもない提

案が。

「じゃあ、俺の彼女になりません？」

「は、は……い？」

　カノジョニナリマセン？

　耳から入ってくる言葉が、うまく変換できない。

　なんかとんでもないこと言ってない!?

「咲桜先輩は彼氏がほしいし、俺は相手してくれる人がほ

しい。お互い一致してません？」

「何が一致してるのかわからないよ!?」

「それに、咲桜先輩は俺の本性知ったんだから、拒否権な

くない？」

　ぬぅ……なんで梵木くんが優勢なの！

「まあ、どうしても咲桜先輩が嫌なら引くけど」

「っ……」

　ほんとは断らなきゃいけないのに。

　ひとめ惚れした相手に、こんな迫られたら心がグラッと
しないわけもなく。

　それに梵木くんはずるい。

　わたしが引かない……いや、引けないのをわかってるは
ずだから。

「下僕になるか、俺の彼女になるかどっちがいい?」

　ん!?　なんかさっきと条件変わってない!?

　下僕ってなに!?

　あんまりいい言葉じゃないと思うんだけど!

「賢い先輩なら、どちらを選択したらいいかわかるよね」

「笑顔から黒いものが見えてます梵木くん!」

「気のせいじゃない?　俺すごく穏やかに笑ってるよ」

　そ、それ自分で言っちゃう?

　ってか、さっきからありえないスピードで話が進むから
整理できない!

「ね、俺と付き合ってよ、咲桜先輩」

「うぅ……や、やっぱりおかしい!　付き合うっていうの
は、お互いのことを好き同士じゃなきゃ!」

　うん、わたしめちゃくちゃ正しいこと言ってる。

　さすがに梵木くんもこれで折れて——。

「それじゃ、仮の彼女っていうのは?」

　え、もうさっきからわたしの想像の斜め上をいくこと言
いすぎじゃ?

　わたしの頭をパンクさせたいの……!?

「もちろん咲桜先輩が嫌がることはしないし、ちゃんと距離感も考えるから」

「で、でもなんでいきなりわたしを彼女になんて」

　女の子からの告白とか面倒って言ってたじゃん。

　それに今は恋愛する気もないって。

「咲桜先輩の反応が可愛いなぁって」

「そ、それだけ!?」

　軽すぎない!?

「それに、先輩と付き合ってることにすれば、告白とか断る理由にもなるし。わー、俺にとって得なことばっかりだ」

　え、ぜったいこっちが本音じゃん。

　可愛いって言われて、危うく調子に乗っちゃうところだったよ。

「優しく甘やかしてあげるから……ね、先輩」

　その甘い笑顔は本心かそれとも。

「たくさん愉しいことしようね」

「っ!?」

　こんなこと、許されちゃってもいいのでしょうか。

第2章

恋人（仮）とは。

　梵木くんに恋人（仮）宣言をされて早くも数日。
「咲桜先輩もっとこっちきて」
「ぬぁ！　梵木くん近すぎ!!」
　放課後、別校舎に呼び出されて、なぜか毎日グイグイ迫られWY。
　まさか憧れの梵木くんと、こんなかたちで接近することになるとは。
「彼女に近づくのに理由いる？」
「うぅ、こんな梵木くん知らない!!」
　彼女といっても仮なんですが。
　それに、梵木くんは慣れてないわたしをからかいたいだけだと思う。
「俺と愉しいことするって約束忘れちゃった？」
「そ、それって、どんなこと……」
「ためしに先輩の身体にしてみる？」
「し、しなぁい!!」
　……って、抵抗したのに。
　指先でわたしの制服のリボンに触れて。
「あ、先輩が動くからリボンほどけちゃった」
「い、今ぜったいわざと引っ張った……！」
　あっという間に襟元からリボンが抜けてしまった。
「じゃあ、俺から取り返してみて」

「ぬぅ……」

　わたしが届かないように、リボンをひらひらさせてる。

　ちょっと身体を前に乗り出して、手を伸ばしても。

「うわっ、きゃっ……！」

　バランスを崩して、見事に梵木くんの胸にダイブ。

　うぅ、こうなることは避けたかったのに……！

「自分から抱きついてくるとか、先輩もその気になった？」

「ち、ちがぅ！」

　これじゃ、わたしが梵木くんに迫ってるみたい。

　早くここからどきたいのに。

「はい、つかまえた」

　すでにわたしの腰のあたりに、梵木くんの腕が回ってて。

　離れないように、身体をしっかり密着させてくる。

　これもぜったい梵木くんの計算通り。

「ず、ずるいっ……！」

「どこが？　咲桜先輩のほうから飛び込んできたのに」

「そ、それはっ、梵木くんがリボン……」

「俺がリボンどうしちゃった？」

「ぅ……っ」

　わたしの唇を、ふにっと軽く指で押しながら、イジワルそうに片方の口角をあげて笑ってる。

「あ、また顔真っ赤。少し触れただけなのに」

「うぅ……もう見ちゃやだ……！」

　梵木くんの胸に顔を埋めると、なぜか愉しそうにクスクス笑ってるの。

「ほんと先輩って反応がいちいち可愛いね」

「イジワル……」

　梵木くんの胸をポカポカ叩いてみるけど、効果なし。

　触らなくてもわかるくらい、自分の顔が熱くて赤いのがわかる。

　こんな顔見られたくない……のに。

「咲桜先輩、顔あげて」

「う、やっ……」

「先輩の可愛い顔見たいなぁ」

　ぜったいからかってるだけ。

　だって声が愉しそうだもん。

　首をフルフル横に振っても、梵木くんは折れてくれない。

「……咲桜先輩」

「み、耳はダメって……あっ、うぅ……」

　ぜったいわざと耳元で名前呼んだ。

　そのせいで反射的に顔をあげちゃった。

「ふっ、顔見せてくれた」

「だ、だからぁ……梵木くんずるい……」

　ぷくっと頬を膨らませて、きりっと睨んでみた。

「ほらそうやって無自覚に煽ってくる」

「梵木くんの言うこと聞いただけなのに……っ」

「だからこういうことしたくなるんだって」

「……？」

「咲桜先輩に、こんなことしたらどんな反応してくれるんだろうとか……考えると興奮するんですよね」

「っ!?」

「──で、実際やってみると、想像より可愛い反応される から止まんなくなる」

　これは本心なのか。

　それとも単純にわたしをからかってるだけなのか。

「俺、咲桜先輩には弱いみたい」

「う、嘘だぁ……」

　むしろ強そうだし、攻略<ruby>こうりゃく</ruby>するのも得意そうじゃん。

　こういうことさらっと言うから、梵木くんはつかめない。

「なんか咲桜先輩って騙されやすそう」

「そんなことないよっ!!」

「えー、どうですかね。だって、俺みたいな悪い男に引っ かかってるわけだし」

「それとこれとは別で！　わたしの理想の男の子はね、とっ ても優しくて思いやりがあって、何もかも完璧で！　わた しを大事にしてくれる一途<ruby>いちず</ruby>な人がいいの！」

「理想高すぎないですか？　ってか、そんな男います？」

「表の梵木くんがまさに理想だったのですが！」

「それ作り物なんで。実際そんな男いないって」

「えぇぇ……いるよ、探せば！　理想は高くていいの！」

　さっきまで甘い梵木くんだったのに。

　今はさらっと毒<ruby>どく</ruby>を吐く梵木くんだし。

＊　＊　＊

　今日は放課後に委員会があるから、梵木くんには会いに行けない。

　それをメッセージで伝えると、既読だけがついた。

「那花さん、準備できたかな？」

「あっ、うんっ。いこっか」

　ちなみにわたしは風紀委員で、萩野くんも一緒。

　梵木くんからの返信を確認せずに、スマホをスカートのポケットにしまった。

「そういえば、風紀委員が全学年で集まるのってはじめてだっけ？」

「そうだね！　2年生だけで集まったことはあったけど」

　なんでも今日全学年で集合するのは、これからの仕事の割り振りなどを決めるためらしい。

　風紀委員の仕事といえば……週に1度、当番制で門に立って挨拶と生徒の制服チェック。

　まあ、制服のチェックは軽くする程度で、規則はそんなに厳しくない。

　あと他には、たまに放課後残って校内の清掃をしたり。

「俺あんまり他学年に知り合いがいないから、少し緊張しちゃうな」

「萩野くんでも緊張することあるんだ！」

「そりゃあるよ。けど、那花さん一緒だから心強いかな」

　もうそれそっくりそのままお返しするよ。

　萩野くん一緒のほうが断然心強いから！

　委員会が行われるのは少し広い生物室。

もうすでにほとんどのクラスが集まってる。

えぇっと、わたしたちのクラスの席は……。

何気なく教室内をぐるりと見渡したとき。

バチッと目線があった子がひとり。

え、え!?

あそこに座ってるの梵木くんじゃ!?

ちょっとまって。

委員会まで一緒って、偶然重なりすぎてない?

もうすでに帰りたい。

「那花さん？　どうしたの？」

「い、いや、わたし急用を思い出して……」

　ダメだ、こんなあからさまな嘘。

　それに、萩野くんに委員会のことぜんぶ任せちゃうのもよくないし。

「急用？　大丈夫？」

「や、やっぱり大丈夫！」

　まあ、委員会が一緒ってだけで関わることないだろうし。

　——という考えは甘かったようで。

「それじゃあ、これからペア決めしていくので各学年、順番にクジを引いていってください」

　各学年の親交を深めるためという名目で、他学年でペアを組むことに。

　このペアはずっと固定らしい。

　各クラスふたりずつだし、全学年合わせたら人数も結構いる。

　さすがにこれで梵木くんとペアになるわけ……。

「わー、咲桜先輩と僕ペアですね」

「ぬぁ、ぅ……ど、どうしてこうなるのぉ」

　クジに仕掛けでもあったんじゃない……!?

「これで楽に仕事できますね。先輩の前だと気使わなくていいし」

　わぁ、ブラック梵木くんだぁ……。

　これペアがわたしじゃなかったら、猫かぶってた?

「わたしに仕事押し付けないでね!」

「えー、僕がそんなひどい男に見えます?」

「み、見え──うわっ」

　急に後ろから肩をグイッと引かれてびっくり。

　何事かと思えば。

「那花さん。ペア決まった?」

「え、あっ、うんっ!」

　なんだ、萩野くんかぁ。

　びっくりしちゃったよ。

「その子が那花さんのペア?」

「う、うん。後輩くんだったの」

　萩野くんの目線が、梵木くんに向いた。

「そっか……那花さんのペア男の子だったんだ。いろいろ心配だな」

「し、心配?」

　あっ、もしかしてわたしが先輩として引っ張っていけるか心配してくれてる?

　それなら大丈夫だよって言おうとしたら。

　今度は梵木くんが。

「ねー、咲桜先輩。この人と先輩の関係は？」

　萩野くんから引き離すみたいに、グイッとわたしを抱き寄せた。

「えっと、萩野くんは同じクラスでね！　いつも明るくて爽やかだし、すごく頼りがいがあって……」

「……で、咲桜先輩との関係は？」

　うわぁ、なんか機嫌<ruby>嫌<rt>きげん</rt></ruby>悪くない？

　いつもより声のトーンがだいぶ低い気がするよ。

「クラスで仲良くしてくれてる友達だよ！」

「へぇ。じゃあ、ただのクラスメイトなんですね」

　なんか "ただのクラスメイト" っていうのをすごく強調されたような。

「俺はいつまでも、ただのクラスメイトでいるつもりはないけどね」

「へー、そうですかー」

　ん？　なんかちょっと空気悪い？

　梵木くんと萩野くんがピリついてるような。

　気のせいかな。

「那花さんは後輩くんと仲いいんだね。もともと知り合いだったの？」

「知り合いっていうか、最近仲良くなって！」

　うん、とりあえずこれで間違ってない。

「そうなんだ。ただの後輩として仲良くしてるだけ？」

　うーん……ただの後輩……ではない？

　いちおう恋人（仮）みたいな。

　いや、でもこの関係を認めたわけじゃないし！

　となると、今はただの後輩くんってことにしておいたほうがいっか。

「う、うんっ。後輩として仲良くしてるの！」

「じゃあ、そっちもただの後輩くんか」

　萩野くんまで"ただの後輩くん"って強調してるし。

　このふたり、あんまり相性よくない？

　それにさっきから黙ったままの梵木くん。

　ちらっと顔を見ると、表情筋が死んでるのですが。

　笑ってるけど、めちゃくちゃ不自然というか。

　わたし何か間違ったこと言ったかな……!?

「そうだ。これで委員会も解散みたいだし、那花さんさえよかったら俺と一緒に帰らない？　家まで送るよ」

「え、あっ——」

　わたしが返事をしようとしたら……萩野くんから見えないように、梵木くんがわたしの小指をキュッと握った。

　まるで、行っちゃダメって言われてるみたいで。

「え、えっと、このあとちょっと用事があって」

「そっか。じゃあ、また機会があったら誘うね」

　そのまま萩野くんは去っていって。

　わたしも生物室を出ようとしたんだけど。

「そ、梵木くん……？」

　さっきからわたしの小指を握ったまま。

　今度は手をギュッとつながれて、死角になる廊下の隅へ。

　背中にピタッと壁が触れて、両手も壁に軽く押さえつけられた。

　身体がぜんぶ梵木くんに覆われてる。

　梵木くんが、わたしの肩にコツンと頭を乗せながら。

「用事って何があったんですか？」

　ちょっとイジワルそうに聞いてくるの。

　きっと用事なんてないのわかってて聞いてきてる。

「梵木くんが引き止めた……のに」

「僕は何もしてないですよ」

「……指に触れてきたじゃん」

　少し上を向いて、梵木くんに目線を合わせると。

　指を絡めるみたいに両手をつながれて、わたしの脚の間に……うまいこと梵木くんの脚が入ってきた。

「だって咲桜先輩が俺を見ないから」

「そ、梵木くん……らしく、ない」

「俺らしくないって？」

「わ、わかんない……けど」

「わかんないのに言っちゃダメでしょ」

　ぜったい逃がしてくれない、この距離危険。

　気まぐれな梵木くんの甘さに騙されちゃいけない。

＊　＊　＊

　とある日のお昼休み。

　風音ちゃんとお昼を食べようとしたら事件発生。

「な、なにこのメッセージ!?」

「急に大声出してどうしたの?」

　突然梵木くんからスマホにメッセージが届いた。

　いきなり《倒れました》って。

　続けてうさぎがパタッと倒れるスタンプが送られてきた。

　こ、これどういう状況!?

　深刻（しんこく）なのかと思えば、こんな可愛いうさぎのスタンプを送ってくるって。

　これは、わたしにどうしろと?

　とりあえず、梵木くんがいるであろう別校舎の部屋に行くしかないかぁ。

「風音ちゃんごめん!　ちょっと出かけてくる!」

「出かけるってどこに?　お昼はどうするの?」

「なんか緊急（きんきゅう）みたいで!　お昼はテキトーに時間見つけて食べる!」

　慌（あわ）てて教室を飛び出した。

　緊急事態かもしれないと思って、急いで走ってきたのに。

　部屋の扉を開けてびっくり。

「あー、先輩遅いですよ。僕待ちくたびれちゃいました」

　なんとも元気そうな梵木くんが、ソファに寝転んでるではないですか。

「そ、梵木くん!!　あのメッセージなに!」

「なにって、事実をそのまま書いただけですよ」

「た、倒れたって！」

「今まさに空腹で倒れてるところです」

「は、は……い??」

　まさかわたしをここに呼び出したのって。

「お腹空いたんで、先輩とお昼食べようかなーって」

「それなら、お腹空いたってひとこと追加してよぉ……。
てっきりほんとに倒れたのかと思って、心配して急いで来
たのに」

　へなへなっとその場に座り込むと。

　梵木くんがゆっくりこっちに近づいて、わたしに目線を
合わせてしゃがみ込んだ。

「僕のこと心配して来てくれたんですか？」

「倒れたって聞いたら心配するよ」

「咲桜先輩はお人よしですね」

　なんて言いながら、わたしのお弁当のバッグをひょいっ
と奪った。

「これ僕のために持ってきてくれたんですよね？」

「え？　いや、それわたしの分──」

「わー、うれしいなぁ。ありがとうございます」

「ちょっ、わたしの話聞いてた!?」

　どうやら梵木くんの耳は都合の悪いことは聞こえないよ
うになってるらしい。

　なぜかわたしのお弁当を分けて食べることに。

「うぅ、わたしの食べる分が減ってる……」

「僕も同じくらいですよ」

　そもそもひとり分の量なんだから、ふたりで食べたら足りないに決まってる。

　あっという間に食べ終わっちゃった。

　これぜったい午後の授業お腹空くじゃん。

　あ、それかまだ少し時間あるし、購買（こうばい）で何か買ってこようかな。

「ねー、咲桜先輩」

「な、なんでしょう」

　急に隣（となり）に座ってる梵木くんの身体が、グラッと揺れて。

　わたしの膝（ひざ）……というか、太ももの上に梵木くんの頭が乗ってきた。

「先輩僕の名前ちゃんと知ってます？」

「し、知ってるけど！　その前にこの体勢なに!?」

「膝枕です。おとなしくしてないと僕の触り放題ですよ」

「っ!?」

　なんて言いながら、わたしのお腹のあたりに顔を埋めてギュッてしてくる。

「──で、僕の名前知ってるなら呼んでみて」

「梵木くん」

「はぁ……」

　え、え？　なんでため息!?

　言われたとおりにしたのに！

「僕の話ちゃんと聞いてました？」

「き、聞いてたよ！」

「それじゃ、これから僕も那花先輩って呼びますね」

「えっ、急にどうして？」

　今までずっと〝咲桜先輩〟だったのに。

「先輩が僕をそうやって呼ぶから」

　……と言われても。

　いつも梵木くんって呼んでるんですけど！

　他になんと呼べと？？

「那花先輩」

「うっ、なんかそれやだ」

　急に線を引かれたみたいで、距離を感じちゃう。

「僕も嫌ですよ。梵木くんって呼ばれるの」

「だって、梵木くんは梵木くんで……」

　他になんて呼んだら──。

「僕、柚和って名前なんですけど」

「う、うん。知ってる、よ？」

「じゃあ、柚和って呼んで」

　あぁ、下の名前！

　今まで梵木くんって呼ぶのに慣れてたから。

「ゆ、柚和くんって呼ぶの？」

「そうです。僕いつも咲桜先輩って呼んでますよ」

　そ、それはたしかにそうだけど！

　いきなり下の名前で呼ぶって、ハードル高くない？

　ただ呼び方を変えるだけなのに。

　慣れてないってだけで、異常にドキドキするのはどうして……！

　恥ずかしすぎて耐えられない……！

　逃げるようにパッと下を向いて失敗。

「先輩いつも恥ずかしがるとき下向きますもんね」

「うぅ……」

「今日は僕が下から見てるんで、顔隠せないですね」

　まるでわたしの行動を予測してたかのよう。

　愉しそうにわたしの反応を見てる。

「ね……呼んで、咲桜先輩」

「っ……」

　わたしの頬に、柚和くんの大きな手が触れて。

　優しくゆっくりした手つきで撫でてくるの。

「ゆ、わ……くん」

　キュッと唇を噛んで、目をつぶると。

　そのまま顔に何か近づいてきたと思ったら。

「……やっぱ先輩可愛い」

「うぁ……ち、近いよ……っ」

　目を開けたら、思った以上に柚和くんの顔が目の前に
あって。

　極め付きは。

「先輩の可愛さに魔が差したってことで」

「っ……！」

　頬にチュッと軽く触れたキスに、わたしの心臓はもう爆
発寸前。

　い、今のちょっと恋人っぽいかも……なんて。

　こんなこと考えるから、わたしの頭の中はいつもお花畑
なのかもしれない。

先輩後輩、立場逆転。

　気づけば６月の上旬に差し掛かる頃。

　那花咲桜、いま高校生活最大のピンチを迎えております。

「那花……お前次の期末テストはわかってるよな？」

「といいますと……？」

　お昼休み。

　突然担任の平山先生に職員室に呼ばれまして。

「自覚がないとは何事だ。お前、中間テストのこともう忘れたのか？」

　あぁ、そういえば、中間テストあんまりいい点数じゃなかったっけ。

　もともと勉強はそんなに得意じゃないし、いつもなんとか乗り越えてたけど。

　先生から呼び出されたということは、結構まずいのかもしれない。

「今回の期末テストで１教科でも落としたら、夏休みはほぼ毎日補習だ」

「えぇ!!　そ、そんなぁ……」

　つまり、全教科しっかり勉強して、いい点を取らなきゃ夏休みはないってこと……!?

「先生もな、お前にはそんなことになってほしくないから、こうして早めに声をかけたんだよ」

　たしかにまだ期末テストまで期間あるけど。

「誰かお前の周りに勉強を見てくれるやつはいないか？
先生も部活があったり、会議があったりで毎日放課後に時
間を取るのが難しくてな」

　わたしの周り……といえば、真っ先に浮かぶのは風音
ちゃん。

　けど風音ちゃんバイトしてるから忙しいんだよね。

　そうなると……萩野くんとか！

　あっ、でも萩野くんも自分の勉強あるだろうし、忙しい
よね。

　あぁぁ、だったらわたしは誰を頼ったら……。

「あれ、咲桜先輩？」

　ん？　今の声って──。

「うぇ……柚和くん……!?」

　なんと偶然。

　まさかの柚和くんとばったり。

「おぉ、梵木じゃないか」

「え、平山先生って柚和くんのこと知ってるんですか？」

「あぁ、梵木のクラスの数学を担当してるからな」

　な、なるほど。

「平山先生、難しい顔してますけど何かあったんですか？」

「いや、那花のことでいろいろあってな……」

　相変わらず柚和くんは先生の前だと猫かぶり全開。

　めちゃくちゃ表情筋あがりまくってるし、笑顔輝きすぎ
てない？

「咲桜先輩、何があったんですか？」

「あ、いや、えっとぉ……期末テストのことでいろいろと」

「そういえば、もうそんな時期ですね」

「柚和くんなんでそんな余裕そうなの……」

　焦るどころか、ほんとに余裕って感じ。

「那花、お前知らないのか？　梵木は１年の中で成績トップなんだぞ」

　あっ、そうだった。

　柚和くん頭もいいんだっけ。

　うぅ、これは純粋にうらやましい……。

「わたしも柚和くんみたいに優秀になりたい……」

　思わず願望がポロッとこぼれちゃったよ。

「じゃあ、僕と一緒に勉強しますか？」

　いやいや、柚和くんは１年生でわたしは２年生だし。

　勉強してる内容だって全然違うだろうし。

「僕が咲桜先輩の勉強見ますよ」

「え、え!?　いや、さすがに後輩の柚和くんに見てもらうわけには……」

「僕もう２年の勉強はひと通り終わらせてるので」

　んんん？　どういうこと!?

　柚和くんまだ１年生だよね!?

「那花、よかったじゃないか！　優秀な梵木に勉強を見てもらえるなんて」

「僕と一緒に頑張りましょうね、咲桜先輩」

「頼りにしてるぞ梵木！　那花のことよろしく頼むな！」

　えぇ、ちょっ……え。

　なんか淡々と話が進んじゃってるけど。

　こうしてなぜか、先輩であるわたしが後輩の柚和くんに勉強を教えてもらうことになった。

＊　＊　＊

「ゆ、柚和くん何か企んでる？」

「急にどうしたんですか」

「柚和くんがなんの見返りもなく、わたしに勉強を教えてくれるなんて」

「ひどいなぁ。先輩は僕のことなんだと思ってるんです？」

「いや、だって！」

　柚和くんいつも猫かぶってるじゃん！

　……って言ったら笑顔で舌打ちされそう。

「先輩のことだから、期末テスト1教科も落とせないくらいピンチなんだろうなぁって」

「うぬ……」

「だから僕が咲桜先輩の役に立てたらうれしいなと」

　こ、これは純粋にわたしを助けようとしてくれて──。

「あ、もちろん勉強教えたら、それなりのことはしてもらいますけど」

　そ、それなりのこと……。

　なんか無茶なこと言われそうな予感しかしない。

「で、でも柚和くんほんとに2年生の勉強できるの？」

　まだ入学して2ヶ月くらいしか経ってないのに。

「まあ、勉強はそれなりにやってきてるんで。心配しなくても大丈夫ですよ」

　わぁ、わたしもそんなセリフ言ってみたい。

　こうして期末テストまで、放課後ほぼ毎日柚和くんに勉強を見てもらうことに。

　……なったんだけど。

「な、なぜ柚和くんのおうちに!?」

「ふたりっきりのほうが集中できると思って」

　放課後、柚和くんが教室まで迎えに来てくれた。

　てっきり図書室とかで勉強するかと思いきや。

　連れてこられたのは、まさかの柚和くんの家。

「この時間は基本家族みんな帰ってこないんで」

　いきなりの展開に戸惑ってるのはわたしだけ。

　柚和くんは至って冷静。

　いや、まって……冷静すぎない？

　だ、だって、いきなりふたりっきりだよ……!?

　しかも柚和くんの部屋って……！

「咲桜先輩？」

「うひゃ……いっ」

　こんなの緊張しないほうがおかしいよぉ。

　なんで柚和くんそんな普通にしていられるの。

　これもわたしが慣れてないだけ？

　たぶん……こんな状況なら何されても文句言えない。

　それに、最近気づいたの。

　裏の顔の柚和くんに、なんだかんだドキドキしてる自分

がいることに。

「僕いったん着替えてくるんで。テキトーに座って待って
てください」

　柚和くんの部屋に案内された。

　淡いブルーを基調とした、とってもシンプルな部屋。

　きれいに整頓されてる机のそばに、本がぎっしり並べら
れてる本棚。

　大きな窓のそばには、ふかふかのベッド。

　小さなソファがあって、床には真っ白の大きなローテー
ブルがある。

　そういえば、柚和くんって兄弟とかいたりするのかな。

　落ち着かなくてソワソワしてると。

「咲桜先輩」

「ひゃっ」

　背後からいきなり柚和くんの声が聞こえてびっくり。

　慌てて振り返ってみたら。

「っ!?　ま、まままって柚和くん……!!」

「……?　どうかしました?」

　うぅ、これはダメだぁ……!

　制服姿から、ゆるっとした部屋着姿なんて!

　し、しかも柚和くんメガネしてる……!

　普段と違うギャップに心臓が撃ち抜かれそう……。

「うぅ、むりぃ……っ」

「何が無理なんです?」

「うや……顔覗かないで……」

　下から覗き込んでくるアングルも、これまたかっこよすぎるの。

　わたしの心臓もう大変。

「顔真っ赤」

「ぬぅ……だって、柚和くんいつもと違う……からっ」

「それでドキドキしちゃった？」

「うぅ……言わないで……っ」

「先輩こういうのに弱いんだ？」

「よ、弱いというか、柚和くんのメガネ姿……ぅ」

　普段キッチリしてる柚和くんのゆるっとした姿。

　違う一面を見てるような気がして、ドキドキしないわけない。

「い、いつもと違う柚和くんも、かっこいい……」

「…………」

「柚和くん……？」

「はぁぁ……急にそんなの心臓に悪すぎ」

　ちょっと困った様子で、顔を隠しちゃった柚和くん。

「……俺が理性を保てるか心配になってきた」

「……？」

「そんな真っ赤な顔して可愛いこと言うの禁止」

「か、かわっ!?　わわっ！」

　頭を撫でてくれたのかと思ったら、髪をちょっとクシャクシャにされちゃった。

「僕結構スパルタなんで。ちゃんと勉強しないとお仕置きしますからね」

　わぁ、笑顔でとんでもないこと言うあたり、いつもの柚和くんだぁ……。

　こうして勉強スタート。

　ローテーブルに教材を広げて、わたしのすぐ隣に柚和くんが座ってる。

　ふたりでいるのは、はじめてじゃないのに。

　なんだろう、いろいろ意識してしまうのは。

　柚和くんの肩がちょっとでも触れると、そこばかり気になったり。

　それに、柚和くんから柑橘系（かんきつけい）の匂い（にお）がふわっとして。

　そっちにも意識が向いちゃったり。

　ぬぅ……まったく集中できない。

「咲桜先輩」

「ひゃ、ひゃいっ」

「真面目（まじめ）に勉強する気あります？」

　それをあっけなく見抜かれてしまう始末。

「さっきから僕のこと気にしすぎ」

「き、気にしてなんか……ひゃっ」

「ほら、いま僕の手が少し触れたくらいで反応してるし」

　ずるい。

　わたしが意識してるのわかって、わざと手に触れてくるなんて。

「そういう反応されるともっとしたくなるのに」

「ふへ……」

　柚和くんの人差し指が、わたしの頬に軽く触れて。

　　そのままクイッと柚和くんのほうを向かされた。

「集中しない先輩が悪いんですよ」

　　いきなりほっぺを引っ張られた。

　　むにーってされたり、ふにふにされたり。

「にゃ、にゃに……？」

「んー、先輩可愛いなぁって」

　　にこにこ笑ってるあたり、ほんとに思ってなさそう。

　　というか、愉しんでない??

「先輩の頬やわらかい」

「むにゃ……」

「ずっと触りたくなる」

「あぅ……」

　　やだやだ、変な声出ちゃった。

　　だって、偶然なのかわざとなのか。

　　柚和くんの指先が、わたしの唇に触れたから。

「あ、ここのほうがやわらかい」

「うや……ぅ」

「可愛い声漏れちゃってますね」

　　下唇を指でなぞるように触れたり、指先に少し力を加え
てグッと押してきたり。

「さっきから手止まってますよ」

「ゆわくんが、イジワルする……からっ」

　　こんなの勉強どころじゃない。

　　ぜんぶの意識が柚和くんに向いちゃう。

「だから……そういう反応が逆効果なのに」

「ひぁ……ん」
　ピクッと跳ねたせいで、柚和くんの指先を軽く唇で噛んじゃった。
「あ、ぅ……ご、ごめ……っ」
「あー……好き」
「へ……？」
「今のめちゃくちゃ興奮した」
「ふぁ……!?」
「狙ってやった？」
「や、やってない……よ！」
「俺以外の男だったら、ぜったい食われてたよ」
「っ!?」
「あんま可愛いことするのダメだよ。俺こう見えて我慢とか苦手だから」
　そう言われても。
　仕掛けてくるのは柚和くんじゃん。
　……なんてこと言えるわけもなく。

＊　＊　＊

そんなこんなで２週間が過ぎていき……。
柚和くんのおかげで、全教科なんとか基礎までは理解。
ここまではかどるとは思ってなかったなぁ。
それだけ柚和くんの教え方が上手ってことだ。
今日も変わらず柚和くんの家で勉強中。

　柚和くんの家で勉強するのは今日が最後。

　──という日に事件は起きた。

　それはわたしのスマホに届いた1件のメッセージがきっかけ。

「あっ、千茅くんからメッセージきてる」

「……千茅くん?」

　今度の委員会の予定を連絡くれたみたい。

　あとで返信すればいいかな。

「千茅くんって誰ですか」

「この前、委員会で話してた萩野くんのことだよ?」

「……いや、気になるのそこじゃなくて」

「……?」

「なんで呼び方が変わってるんですか」

「萩野く──じゃなかった、千茅くんがもっと仲良くなりたいからって」

　ほんとについ最近、苗字じゃなくて下の名前で呼んでほしいってお願いされた。

　千茅くんとは、クラスメイトとしてこれからも仲良くしたいし。

　だから最近千茅くんって呼ぶようにしてるんだけど。

　なんでか柚和くんが不機嫌そう。

「それって異性として仲良くなりたいってことですか?」

「友達として!」

「……向こうはそうじゃないと思うけど」

「柚和くんは知らないかもだけど、千茅くんって誰にでも

フレンドリーで優しいんだよ？」

「だからなに。ってか、先輩って地雷踏むの得意なの？」

「え、え？」

　わたしいつ地雷踏んだ!?

「はぁ……先輩ほんと鈍すぎ。なんで俺以外の男の言うこと聞いちゃうの？」

　これがきっかけで、柚和くんの機嫌は急降下。

「ゆ、柚和くん。怒ってるの？」

「別に怒ってないですよ」

　本人は笑顔のつもりかもしれないけど、怒ってるオーラ隠しきれてないよ。

「うぅ、嘘だぁ……」

「まあ、機嫌は悪いけど」

　ほらぁ……今のが本音じゃん。

　そういえば、前にあった委員会で柚和くんと千茅くん相性悪かったっけ。

　ふたりともバチバチしてたような。

「どうしたら機嫌直してくれるの？」

「んー……あ、そうだ。僕とゲームしません？」

「ゲーム？」

　急に何を提案してくるかと思えば。

「今から僕がランダムで問題を５問出すので、咲桜先輩がそれに答えて」

「な、なるるほど」

　今まで勉強してきた力試し的な？

　ここまでならルールは理解できたけど。

「——で、咲桜先輩が問題に間違えたら、これ脱いで」

　いま着てるカーディガンをグイグイ引っ張ってくる。

「な、なななんで!?」

「先輩が問題を間違えた数だけ、俺がどんどん脱がしていくルールね」

「っ!?　な、なにそのめちゃくちゃなルール！」

「問題に正解すればいいだけじゃん」

　うぅ、それはごもっともなんだけど！

「俺にぜんぶ脱がされないといいね」

「うっ、頑張る……もん」

　こうなったら全問正解してやる。

　——と、意気込んでみたものの。

「うぇっ……こ、この体勢なに……!?」

「んー、こうしたほうが先輩が集中できると思って」

　いきなり柚和くんが後ろから抱きついてきた。

　しかも、逃げられないようにお腹に腕を回してギュッと密着してくる。

「む、むりむり……っ。全然集中できない！」

「どうして？　ほらちゃんと集中して」

「だからぁ……耳は、ぅ……」

　身体がピタッとくっついてるのも、耳に息がかかるのも気になってしょうがない。

　こんな状況で集中しろなんて。

「柚和くんの鬼……っ」

「なんとでもどうぞ。先輩は頑張って問題に正解することね」

「正解できる気がしない……」

「俺がしっかり勉強教えたのに？」

「うぬ……」

「ほら、ちゃんと集中しないと」

　だからぁ……耳元で話すのダメなのに……。

　もうぜったいわかってやってるじゃん。

「うぅぅぅ……ドキドキして集中できない……っ！」

「これくらい慣れなきゃダメだよ」

　結局、柚和くんが折れてくれないからこのまま。

　柚和くんを気にしないように、最大限集中した結果。

「い、今の問題ぜったいイジワルだった！」

「基礎に少し応用を足しただけだよ」

　見事に不正解。

　いや、だって問題がちょっとひねった感じだったし！

「潔く間違いを認めたら？」

「柚和くんなんで後輩なのに、わたしより勉強できちゃうの！」

　そもそも柚和くんが頭良すぎるんだよぉ……。

　わたしより年下と思えないくらい完璧だし。

「……自分のすぐそばに完璧な人がいたら、やらざるを得ないから」

　それって、柚和くんの周りにもっとすごい人がいるってこと？

「まあ……俺は周りから期待されてないけど」

　ちょっと投げやりな話し方。

　いつもの柚和くんらしくないように感じた。

「俺がどれだけ努力したって、それ以上に完璧にこなす天才がいたら、俺がかなうわけ──」

「ゆ、柚和くん？」

「あー……少し余計なこと話しちゃいましたね」

　あんまり触れちゃいけない話だった……かな。

　顔は見えないけど、声がいつもと違ったような気がしたから。

「ほら俺のことはいいから。ってか、今の問題間違えたんだから脱がしていい？」

　うまく話を戻されてしまい……。

　いつもの柚和くんに、ささっと切り替わっちゃった。

「うわ……ぅ、まって……」

「俺が言うこと聞くと思う？」

「お、思わない、けど……っ」

　後ろからだっていうのに、器用にボタンをひとつずつ外していっちゃう。

　この動作が、なんだか恥ずかしくてもどかしい。

　ほんの少しの抵抗として、身体をちょっと丸めると。

「そうやってしたら、先輩の身体に俺の手あたるよ」

「っ……」

　ブラウス越しに、心臓のあたりに柚和くんの指先がちょこっと触れた。

　ただカーディガンのボタンを外されてるだけなのに。

　これだけで心臓はバクバク状態。

　なのに柚和くんは、ちっとも手加減してくれない。

「先輩、ほら腕抜いて」

「ぅ、やだ……っ」

　抵抗むなしく、あっという間にカーディガンを脱がされてしまった。

　たった１問……間違えただけなのに。

　次の問題も間違えたら、ブラウスまで取られちゃうってこと？

　そ、それは確実にまずい……！

　なんとしても阻止せねば……！

「カーディガンないと寒い……」

「それは俺にもっと抱きしめてほしいってこと？」

「ち、ちがぅ!!」

　カーディガンを返してもらう作戦失敗。

　むしろ柚和くんがさらに接近してきて大ピンチ。

　──で、結局ぜんぶの問題を解き終わり。

「わー、先輩そんなに脱がされたかったんだ？」

「うぅ……違うんだってばぁ……」

　結果は見事惨敗。

　わたしがあまりに間違えるから、柚和くんも加減してくれたんだけど。

　結局、ドキドキが勝ってしまい、まったく集中することができず。

「じゃあ、今から俺の好きにしていい？」

「ぅ……ま、まって……」

「抵抗したら先輩の身体にもっと甘いことするよ」

「へ……？」

　柚和くんが危険なときは、敬語じゃなくなって自分の呼び方も"僕"から"俺"に変わるって気づいたの。

　胸元のリボンがシュルッとほどかれた。

　目線を下に落とすと、すでに柚和くんの指先がブラウスのボタンにかかってた。

「ま、まって……柚和くん……っ」

「まだ抵抗する余裕あるんだ？」

　柚和くんはほんとに器用で……片手であっさりわたしの両手をつかんだ。

「ネクタイとかあったらよかったなぁ」

「な、何に使う……の？」

「先輩の手首に巻くのいいなって」

「っ……！」

　柚和くんがいま制服着てなくてよかった。

　危うく縛られちゃうところだった。

　けど、わたしがピンチな状況は変わらず。

「ほら、ちゃんとおとなしくしてて」

　上からひとつ、ふたつ……ボタンが外されて。

「っ……」

　さっきからずっと……わずかにブラウスの隙間から柚和くんの指先がわたしの肌に直接触れてる。

　それにいちいち身体がピクッと反応しちゃう。

　でも声は出しちゃダメ……って我慢してる。

　なのに、柚和くんはずるい。

「先輩……声我慢しちゃダメ」

「やっ……あぅ」

　誘うように、肌をツーッと撫でてくるの。

「素直に反応して可愛いね」

　ついにボタンぜんぶ外されて、ブラウスが肩のあたりまで脱がされちゃってる。

「ほ、ほんとに……これ以上はダメ……っ」

「どうして？　もっと先輩の可愛いところ見たい」

　お腹のところとか、大きく撫でるように触れられるだけで、もう限界……っ。

「……先輩ってどこ触ってもやわらかい」

「うぁ……ぅ、む……むりぃ……」

「甘い声漏れてるよ」

「ゆ、ゆわくんが触る……から……」

　首だけくるっと向けて、柚和くんを見ると。

　ひょいっと身体を持ち上げられてしまって。

「なぅ……ぁ、ま……って。見ないで……っ」

　とっても恥ずかしい状態で、柚和くんの上にまたがってる体勢に。

「ピンクって可愛い」

「うぅぅ……もう喋らないで……っ」

「いいじゃん。俺、咲桜先輩の彼氏だし」

「か、仮なのに……」

「俺だけだね。咲桜先輩のこんな可愛い姿見れるの」

「ひゃっ……ど、どこに顔埋めてるのぉ……」

「口にしていいの？」

「ダ、ダメだけど……っ」

　胸のあたりにギュッと顔を埋めて、にこにこしてる柚和くん。

「また俺と愉しいことしようね」

　甘くてイジワルな柚和くんを攻略するには、まだまだ時間がかかりそうです。

柚和くんのアメとムチ。

「わぁぁ、期末テスト赤点なしだぁ!!」

「よかったよかった。咲桜勉強頑張ってたもんねぇ」

　無事に期末テストが終わって、全教科返ってきた。

　どれも平均点以上で、過去最高点ばかり。

　きっと補習はまぬがれたはず……!

「風音ちゃん!　これでわたしは無事に夏休みを過ごせそうだよぉ……!」

「咲桜が全教科平均点以上を取るなんてねー。これは明日雪でも降るか」

「えぇ、風音ちゃんひどい!」

「冗談だって。それだけ咲桜が頑張ったってことだもんね。すごいじゃん、お疲れさま」

「うぅ、ありがとう……!」

　あとで柚和くんにもお礼を伝えなきゃ。

　柚和くんが勉強を教えてくれたおかげだし!

「けど、あれだけ勉強苦手だった咲桜が、ここまで点数取れるなんてね。誰かに教えてもらったの?」

　ギクッ。

　そういえば、風音ちゃんに柚和くんのこと何も話してないんだった。

「えぇっと、じつは──」

　少しだけなら柚和くんのこと話してもいいかな……と

　思った直後。

　机の上に置いてあるわたしのスマホが、ピコッと鳴った。

　メッセージの差出人は柚和くん。

　《サンドイッチ、メロンパン、ヨーグルト》って送られ
てきた。

　しかも《5分以内で》って追加のメッセージ。

　んん？　なにこれ？

　購買に行って買ってこいということ？

　メッセージの内容が簡潔<ruby>簡潔<rt>かんけつ</rt></ruby>すぎるよ！

　今からお弁当食べようとしたのに！

「風音ちゃんごめん！　わたし今から行くところあって！」

「ほーう。いいよ、また今度話聞かせてよ」

「うぅ、ごめんね！」

　教室を出ようとしたら、ばったり千茅くんと遭遇<ruby>遭遇<rt>そうぐう</rt></ruby>。

「あれ、那花さんどこか行くの？」

「あっ、うん！　ちょっと購買に！」

「お弁当あるのに？」

　ギクリ。

　千茅くんってば地味に鋭い<ruby>鋭い<rt>するど</rt></ruby>。

「えぇっと、お弁当ひとつじゃ足りなくて！」

　くぅ……これじゃ、ただの食いしん坊に認定じゃん。

「そうなの？　それなら今ちょうど購買行ってきたから、
俺の分よかったら食べる？」

　千茅くんが片手に持ってる袋<ruby>袋<rt>ふくろ</rt></ruby>を渡そうとしてくれてる。

「いやいやそんな!!　千茅くんのお昼取っちゃうの悪い

し！」

　それに、今からわたしが買いに行くのは柚和くんの分だから、どうかお気になさらず……！

　……って言いたいけど、言えないし。

「俺さ、たくさん食べる子好きなんだよね」

「ほへぇ、そうなんだ！」

　これ女の子たちが聞いてたら、みんな食いしん坊になるんじゃ？

　だって千茅くんのこと狙ってる女の子たくさんいるし。

　千茅くんの噂よく聞くもんなぁ。

　モテるけど彼女いなくて、告白してもみんな撃沈しちゃうんだって。

　なんでも噂では、千茅くんにはずっと片想いしてる子がいるみたいで。

　それがいまだに誰なのかわかってないらしい。

「はっ、こうしちゃいられない！　早く行かないと怒られちゃう！」

「怒られちゃう？」

「あっ、今のは気にしないで！　それじゃ、千茅くんはちゃんと自分のお昼食べてねっ」

　ダッシュで購買に行って、目的のものをゲット。

　……で、柚和くんがいるであろう別校舎へ。

「遅かったですね。待ちくたびれましたよ」

「もうっ、あのメッセージなに！」

「先輩に会いたいなぁと思って」

「うぅ、その手には騙されないんだからね！」

　会いたいだけだったら、こんなおつかい頼まないでしょ！

「はい、これ。ちゃんと買ってきたよ」

「ありがとうございます。お金払いますね」

「柚和くんって甘いもの好きだったんだね」

「なんでですか？」

「いや、だってメロンパンって」

　勝手なイメージだけど、柚和くんって甘いものそんな好きそうじゃないっていうか。

「あー、これ僕のじゃなくて咲桜先輩の分です」

「え？」

「テスト頑張ったごほうびです」

「うぇぇ!?　な、なんで!?」

「いや、逆になんでそんな驚いてるんですか」

「だ、だって柚和くんがごほうびくれるなんて！」

　あのイジワルな柚和くんが！

「えー、僕いつも優しいのに」

「イジワルの間違いでは……」

「何か言いました？」

「い、いえ……何も！」

　ほらぁ、笑顔が黒いよ！

　でも、柚和くんのおかげでテストでいい点数を取れたのは事実だし。

「えっと、あらためて勉強教えてくれてありがとうっ。い

つもより点数良かったから、先生にも友達にもびっくりされちゃったよ」

「先輩が頑張ったからですよ。よかったですね、いい結果になって」

　な、なんと柚和くんが優しい！

　てっきり見返りか何か求められるかと思ったけど。

　さすがに、柚和くんもそんなずる賢い子じゃない──。

「あっ、でもお礼はちゃんともらうんで」

「え？」

「僕が見返り求めないと思います？」

　わたしの考えが甘かったぁ……。

　てっきりこのまま平和に終わると思ったのに。

　そう簡単にいかないのが柚和くんなのだ。

　──で、何を求められたのかというと。

「やっぱ先輩の太ももってやわらかいですね」

「ぅ……」

「ほどよい感じで僕の好みです」

「柚和くんの好み聞いてない……」

　お昼を食べたあと、なぜか膝枕をさせられることに。

「いいじゃないですか、減るもんじゃないし」

「そういう問題じゃないのに……」

「あ、でも僕以外の男にはしちゃダメですよ」

「柚和くんしかしてこないよ」

　そもそも、こんなこと柚和くん以外の男の子誰も求めてこないし。

「それでいいんですよ。僕だけが咲桜先輩を独占できたら」

　最近よく柚和くんがわからなくなる。

　別にわたしのこと特別に想ってるわけでもないのに、こういうこと言ってくるから。

　ただからかってるだけで、なんとも思ってないくせに。

　……なんて、こんなこと考えちゃうわたしも、自分のことがよくわからなくなったり。

　　　　　　＊　＊　＊

　長いテスト期間から解放された衝動で、数日夜更かしをしてしまった。

　体力的にまだ全然いける！と思って、さらに夜更かしをしすぎて寝不足。

　そんな毎日が続いてしまい……。

「ぬぁ……めまいがすごい……」

　起きて早々、目の前がぐるんぐるん回ってる。

　目を閉じても、ずっと回ってるような感覚。

　それに頭に鈍い痛みがあって、寝起きから最悪だ……。

　今日行ったら明日から休みだし。

　耐えられないほどの痛みじゃないから、頭痛薬を飲んで乗り切ろう。

　朝ごはんもあまり食べられず、ふらふらの足取りで家を出た。

　薬あんまり効いてないのかなぁ……。

　ずっとめまいが続いて、気持ち悪くなる。

　頭もまだ痛いし。

　それに加えて、朝の通勤通学ラッシュで電車は満員。

　いつもなら平気だけど、今は立ってるだけでつらい。

　学校の最寄り駅に着くまであともう少しの我慢……。

「先輩」

「…………」

「咲桜先輩」

「……え？　あ、柚和くん」

　ずっと下を向いてたから、声をかけてもらうまで全然気
づかなかった。

「僕さっきから先輩の目の前にいたのに」

「……あ、ごめんね。寝不足でボーッとしてて」

　電車の微妙(びみょう)な揺れすらも無理……かも。

　人の間に挟まれてるから、身動きも取れないし。

「……先輩？　大丈夫ですか？」

「……ん、うん。平気」

　なんだかさっきよりもボーッとする。

　かなりしんどいかも……。

「いいですよ、僕に寄りかかって」

　今は柚和くんの優しさに甘えてもいい……かな。

　安心して柚和くんに身をあずけたまま。

　授業を受けてるときも、あんまり頭が働いてない感じ。

　ずっとふわふわしてて、目を閉じたら意識が飛んじゃい
そう。

「那花さん今日なんか眠そうだね」

「あ、千茅くん」

「ずっとあくびしてるし。寝不足？」

「う、うん。夜更かししちゃった」

　千茅くん優しいから、体調悪いなんて言ったら心配するだろうし。

「あんまり無理しちゃダメだよ？」

「そうだね！　今日は早く寝るようにする！」

　ほんとに寝不足が原因……？

　さっきから身体だるいし、熱っぽいの気のせいかな。

＊　＊　＊

　迎えたお昼休み。

　食欲ないし、朝よりもっと体調悪い気がする。

　風音ちゃんには心配かけたくないから、お昼は食べないとなぁ……。

　でも今は横になって寝たい……かも。

「咲桜先輩」

　……ん？　んん？

「え、あ……え？　なんで柚和くんがここに？」

　机に伏せて寝ようとしたら、いるはずのない柚和くんがわたしの目の前に。

　いや、えっ？

　学年の違う柚和くんが、わたしのクラスにいる違和感。

　……っていうのは、今はどうでもよくて。

「ちょっとついてきて」

「え？」

　いつもなら柚和くんが用事あるときは、わたしを呼びつけるのに。

　わざわざ自分から来るって、何かあったのかな。

　教室を出て連れてこられたのは、いつもの別校舎の部屋。

「先輩。今すぐそこに寝てください」

「……は、い？」

　柚和くんがドサッとソファに座って、自分の膝をポンポン叩いてる。

　ん？　これはどういうこと？

　今ただでさえ頭ボーッとして働かないのに。

「ここ使って」

「わっ……」

　柚和くんに優しく腕を引かれて、身体がソファに倒れた。

　しかもわたしの頭が柚和くんの膝に乗ってる。

　こ、これはいったい。

　えぇっと、わたしいま柚和くんに膝枕してもらってる？

「やっぱり朝会ったとき、休むように止めるべきだった」

「……？」

「先輩のことだから無理してそうだし」

　はぁ、とため息をついてわたしの頭をポンッと撫でた。

「朝から体調悪かったですよね？」

　え、柚和くん気づいてたの……？

　柚和くんと会ったのは朝の電車だけなのに。

　風音ちゃんだって、千茅くんだって……誰も気づかなかった。

「なんで体調悪いの隠してるんですか」

「隠してるわけじゃ……」

「じゃあ、朝電車で会ったとき、どうして僕に何も言わなかったんですか」

「そ、それは……」

「僕に心配かけたくないから？」

「ぅ……だって迷惑かけちゃうし」

　それに、わたしが自分の体調管理をうまくできてなかっただけだし。

「咲桜先輩は人に気を使いすぎです」

「そう……かな」

「もう少し周りに甘えてみたらどうですか。あと、無理するのはダメです。つらいなら、ちゃんと教えてください」

「ご、ごめんね。ほんとにただの寝不足っていうか、頭が働かないだけで……」

　急に柚和くんの顔が近づいてきて、キスできそうな距離でピタッと止まった。

　同時におでこがコツンとぶつかる。

「ゆ、ゆわ……くん……？」

「めちゃくちゃ熱いですけど」

「ふへ……？」

「先輩ぜったい熱ありますよ」

　ま、まさかそんな。

　柚和くんにドキドキして、顔が熱くなることなんて
しょっちゅうだし。

　今回もきっとそれなんじゃ……。

「このまま保健室連れて行きますから」

「うぇ……っ、お姫様抱っこするの……？」

「だって先輩歩けなくないですか？」

「あ、歩ける……よ」

「僕が抱っこしたほうが早いです」

「ま、まってまって。目立つ……よ」

「そんなこと気にしてる場合ですか。先輩はもっと自分の
体調を気にしてください」

　わたしの体調の変化に気づいてくれて、わざわざ教室ま
で来てくれて。

　それに心配して保健室にまで連れて行こうとしてくれて
る。

　柚和くんぜったいこういう面倒なこと嫌いそうなのに。

　なんでわたしにこんな優しくしてくれるんだろう……？

　ボーッとする頭でそんなことを考えていたら、保健室に
到着。

　柚和くんが養護教諭の先生に事情を説明してくれて、す
ぐに熱を測ることに。

　体温計に表示されたのは38度を超える高熱の数値。

　どうやら寝不足から体調を崩して、風邪をひいたみたい。

　ここまで熱があがりきってるのに、気づかないわたしっ

て……。

　柚和くんが連れ出してくれなかったら、どうなってたんだろう。

　結局、午後の授業から早退することに。

　すぐわたしの両親に連絡してもらったけど、今日はお母さんもお父さんも仕事。

「困ったわねぇ……。那花さんのご両親が迎えに来られないってなると、那花さんひとりで帰ることになってしまうし……」

「あの、わたしひとりでも帰れま──」

「先生。僕が家まで送り届けます」

「でもあなた午後の授業があるでしょ？」

「先輩を送り届けたらすぐ戻ります。今は先輩のことが心配なので許可してもらえないですか」

　なんでこんな優しいの……？

　いつもみたいに先生の前だから猫かぶってるだけ……？

　それとも、ほんとにわたしを心配してくれてるの……？

「まあ、こんな状態の那花さんをひとりで帰すのは心配だし……。わかったわ。那花さんを送り届けたらすぐ戻るのを条件に、わたしが許可するわ」

　養護教諭の先生が、わたしと柚和くんの担任の先生に事情を説明してくれた。

　こうして柚和くんが家まで送ってくれることになったんだけど。

「あの、柚和くん……？　わたしひとりで歩けるよ？」

「足元ふらふらしてましたよ」

「ぅ……でも重い……でしょ?」

「全然軽いですよ」

　足元がおぼつかないわたしを、柚和くんがおんぶしてくれてる。

　わたしのカバンまで持ってくれて、ぜったい大変なのに。

「もっと身体あずけていいですよ」

「それじゃ柚和くんがつぶれちゃう……」

「僕そんな貧弱じゃないですから」

　柚和くんの背中は、広くて温かくて……すごく落ち着く。

　意外としっかりしてて、男の子なんだなってドキドキしちゃう。

　柚和くんの体温に包まれると、不思議とぜんぶをあずけたくなる。

　風邪のせいでそう思ってるだけ……かな。

＊　＊　＊

　家に着いた頃には、熱がさらにあがって身体がもっとしんどい状態に。

　柚和くんがそばにいて安心したせいか、身体がグタッとしたまま。

「咲桜先輩の部屋どこですか?」

「……ん、2階の右の部屋……」

「じゃあ、このままお邪魔しますね」

「う……ん」

　いま家に誰もいないから、中がシーンとしてて空気が冷たく感じた。

　柚和くんにおんぶされたまま、わたしの部屋へ。

「部屋入りますね」

「……ん」

　あぁ……しまった。

　部屋もっときれいにしておけばよかった……なんて、どうでもいいこと考えちゃう。

「ベッドにおろしますね」

　ほんとなら、このままベッドに倒れちゃえば楽なのに。

　ほぼ無意識……。

「ゆ、わ……くん。いかないで……っ」

　離れていこうとする柚和くんの背中に抱きついてた。

　あれ……わたし何してるんだろう？

　熱のせいで、自分がしてることもよくわからなくなってきてる。

「まだ、そばにいてほしい……っ」

　こんなわがまま言ったら、柚和くん困っちゃう。

　なのに、うまく止められなくて。

「もっと……ゆわくんにギュッてされたい……」

　柚和くんの体温が離れていくのが寂しくて。

　できることならずっと……そばにいてほしい。

　こんなこと思うのは、熱があってひとりじゃ心細いから……？

　それとも、柚和くんにもっと触れたい……から？

「……先輩はずるいですね」

「っ……？」

「そんな可愛い甘え方して」

　大きな背中がくるっと回って、真正面から柚和くんの温もりに包み込まれた。

「あー……なんか僕らしくないな」

　一瞬……いつも余裕な柚和くんが、冷静さを失ったように見えた。

「もっと……ギュッてして」

　今よりもっと……柚和くんに近づきたくて。

　また無意識に、柚和くんの首筋に自分の腕を回してた。

「先輩……俺が男だってわかってる？」

「っ……？」

「そんな誘い方されたら……俺も我慢しないよ」

　一瞬、グラッと視界が揺れた。

　背中にふわっとベッドのやわらかい感触。

　真上に覆いかぶさる柚和くんの熱い瞳。

　反対に首筋に触れてくる柚和くんの指先は冷たい。

「記憶残ってても怒らないで」

　指を絡められて、両手をしっかりつながれて。

　柚和くんが動くと、ベッドが軋む音がする。

「優しく触れるから……先輩の甘い声聞かせて」

　首筋にチュッとキスが落ちてきた。

　それが何度も繰り返されて。

「身体すごく反応してる」

「んっ……ぅ」

　熱でクラクラしてるのに、柚和くんに与えられる刺激で
さらにクラクラ。

「……首にキスされるの好き？」

「ぅ……ぁ、わか……んない……っ」

　身体の奥がジンジン熱くて、頭の芯までぜんぶ溶けちゃ
いそうなくらい……甘い。

「……このまま少し噛ませて」

「ん……んんっ」

　舌でツーッと首筋を舐められて、それだけで腰が勝手に
動いちゃう。

　声だって抑えたいのに、抑えられない。

　息もどんどん荒くなるばかり。

「……先輩の身体って敏感だね」

「あぅ……っ」

　肌に強く吸い付かれて、チクッと痛い。

　それがまた何度も繰り返されてる。

　吸われるたびに身体が反応して、つながれてる手にも
ギュッて力が入っちゃう。

「はぁ……っ、もうほんと可愛く誘惑しないで」

「っ……？」

「理性きかなくなるから」

　耳元で甘く揺さぶられて、熱がさらにあがる。

　次第に意識が朦朧として、目の前のことが夢か現実かわ

からなくなるほど。

　ただ、そんな意識の中ではっきり聞こえたのは──。

「こんな甘いの……溺れないわけないでしょ」

　甘すぎる柚和くんの声だった。

柚和くんの本心とは。

　なんだかふわふわ夢を見てるような感覚だった。

　柚和くんの匂いに包まれて、優しく触れられて。

　学校で熱を出して、家まで柚和くんに送り届けてもらった日。

　熱のせいで記憶がかなり曖昧で、目を覚ましたとき柚和くんはそばにいなかった。

　部屋まで連れてきてもらった記憶はあるんだけど。

　その先が覚えてなくて。

　でも、わたしが柚和くんに甘えちゃったような気もする。

　それに、柚和くんと甘いことしてたような……。

　いや、たぶんこれは夢。

　そうじゃなきゃ、甘えるなんて大胆なことできるわけない。

　それに、あんな余裕のなさそうな柚和くんも見たことないから。

＊　＊　＊

　──週明け。

　土日しっかり寝たおかげで、すっかり体調は回復。

　元気に家を飛び出すと。

「おはようございます」

「うぇぇ、なんでいるの!?」

　なんとびっくり。

　わたしの家の前に柚和くんがいるではないですか。

「昨日の夜メッセージ送りましたよ。明日の朝迎えに行き
ますって」

「えぇ、見てないよぉ……」

　でもなんで急に迎えに来てくれたんだろう?

　じっと柚和くんを見てたら。

「わわっ、なに?」

「元気そうでよかったです」

　頭をポンポン撫でられた。

　もしかして心配してくれてた?

「先輩はもっと自分を大事にしてくださいね」

「う、うん」

　なんだろう。

　普通に会話したらいいのに、ぎこちなくなっちゃう。

　柚和くんと甘いことしてた夢のせい。

　やっぱりあれは夢だったんだ。

　だって柚和くんの態度がいつもと変わらないから。

「ここ、ちゃんと見えてますね」

「……?　何が見えてるの?」

　下からすくいあげるように、柚和くんがわたしの首筋の
あたりを見てる。

　さらにちょこっと指先で触れながら。

「……隠しちゃダメですよ」

　甘く耳元でささやかれた言葉の意味が、いまいち理解できず——。

　わたしがそれに気づいたのは、体育の授業の前。

　制服から着替えて、髪をひとつに結んだとき。

「ちょ、ちょっ咲桜。それなに？」

　普段あんまり慌てない風音ちゃんが、何かに気づいてびっくりしてる様子。

「え、え？？　わたし何か変かな？」

「まさかの自覚なし？　わー、これは大変だねぇ」

「な、なになに!?　気になる！」

　風音ちゃんが両手を広げて、やれやれって顔してる。

「いろいろ気になるのはこっちだからね。首元のそれ、誰につけられたの？」

　風音ちゃんが、わたしの耳元でこそっと言った。

「さっきまで制服着てたし、髪もおろしてたから目立たなかったんだろうけど。いや、それにしても本人が自覚ないってどういうことよ」

「うっ、風音ちゃん教えてよぉ……」

　なんのことやらさっぱり。

　なぜか風音ちゃんがひとりで呆れていくばかり。

「首元……絶妙なところに紅い痕ついてるよ」

「紅い痕？」

「たぶんそれキスマークでしょ」

「キス、マーク……？」

「そう。しっかり残ってるから間違いないよねぇ」

「……うぇぇ!?　キ、キスマーク……!?」

　はっ、しまったぁ。

　びっくりしすぎて大声で叫んじゃった。

「ま、まってまって。いったい誰がつけて……」

　ここでポンッと柚和くんの夢が思い浮かぶ。

　夢の中でなら、柚和くんに触れられたような気はするけど。

　いや、だからそれはたぶん夢で。

　ん?　だとしたら、これをつけたのは誰?

「咲桜ねぇ……まさか意識ないときに何かされたわけじゃないでしょうね?」

「い、意識はあったような、なかったような」

「どっちなの」

「いや、でも夢の中のことだと思ってて」

「夢だったら、こんなきれいに痕残らないでしょうが」

　風音ちゃんが貸してくれた鏡には、真っ赤な痕がたしかに映ってる。

「でも、柚和くんいつもと態度変わらなかったし……」

「あらま。梵木くんにされたってことか」

「っ……!!　いや、わたしの妄想かもしれないし!!」

「なんかわたしの知らないところで進展してるんだねぇ。いつの間にそんな仲になったの?」

　そうだった。

　風音ちゃんには、あんまり相談できてなかった。

　柚和くんに口止めされてたし。

「まあ、またゆっくり話聞かせてよね」

「そ、そんな期待するような展開ないからね……！」

　それからずっと、首元ばかりが気になって。

　これ、ほんとに柚和くんがつけたのかな。

　そうなると、あの夢のようなことは現実だった？

　だとしたら、柚和くんはなんであんな甘いことしたんだろう。

　うぅ、なんだか変に意識しちゃう。

　こんな状態で柚和くんとは会えない……というか、できれば会いたくない。

　……なんて思ってると、神様はイジワルなことをする。

　休み時間、委員会のことで千茅くんと職員室へ行って教室に戻る途中。

　渡り廊下から、こちらに向かって歩いてくるふたり組。

　げっ……あれは柚和くんでは？

　学年が違うから、校内ではあんまり会うことないのに。

　こういうときだけタイミングばっちり。

　ど、どうしよう。

　このまま歩いていったら、すれ違うのは確実。

　正直、いま顔を合わせるのは気まずいよぉ……。

「ち、千茅くん！　ちょっとこっち！」

「え？」

　柚和くんから死角になるように、とっさに千茅くんの腕を引いた。

　千茅くんが壁に手をついて、わたしの身体をぜんぶ覆っ

てる。

　こ、これはいい感じに隠れてるのでは？

　あとはこのまま柚和くんが通り過ぎてくれたら……。

「那花さん、俺はこの体勢でどうしたらいいかな」

　パッと顔をあげたら、千茅くんが少し戸惑ってる。

「あ、えぇっと……しばらくこうしててほしい、です」

　巻き込んじゃって申し訳ない。

　でも、今ここで柚和くんには会いたくない。

「いきなりどうしたの？」

「ちょ、ちょっと隠れなければならない事情がありまして」

　これじゃ全然理由になってない……！

　すると、千茅くんがくるっと周りを見渡した。

　そして何かを察したかのように、ボソッと言った。

「あー……また彼か。なるほどね」

　すぐに千茅くんの目線が戻ってきた。

　そしてわたしを数秒じっと見たあと。

「ってか、この角度いろいろヤバいね」

　普段どんなときも表情を崩さない千茅くんが、少し動揺《どうよう》
してるようにも見える。

　それに、ちょっと顔と耳が赤いのは気のせい？

「千茅くん？」

「普段の那花さんも可愛いけど……その無自覚な上目遣い
は反則だな」

「え、えぇ!?」

　はっ、しまった。

　ちょっと大きな声出しちゃった。

　柚和くんはもう通り過ぎた……よね？

「こんな至近距離で可愛く見つめられたら、さすがに俺も
やられちゃうよ」

「じゃ、じゃあ、あんまり見ないでおきます」

　なんだか今の千茅くんは、いつもと違って言葉が甘くて
ストレート。

　それがなんだかむずがゆく感じる。

「どうして？　もっと見せてよ、俺だけに」

　千茅くんの大きな両手が、優しく包み込むみたいにわた
しの頬に触れて、バチッと視線がぶつかる。

「ち、千茅くん……近い……っ」

「そう？　だって隠れなきゃいけないんだよね？」

　さらに近づいてきて、身体がピタッと密着してる。

「俺がこんなふうに覆ったら、那花さんすっぽり隠れちゃ
うんだね」

　柚和くん以外の男の子と、こんな至近距離でいるの変な
感じする。

　それに、柚和くんに触れられると胸のあたりがキュッて
縮まったりするのに。

　いま千茅くんがそばにいても、そこまでドキドキしない
のはなんでだろう。

「このまま……俺の腕の中に閉じ込めたくなるな」

「へ……」

　い、今……千茅くんさらっとすごいこと言わなかった？

「那花さん可愛いから俺も困っちゃうよ」

「っ……！」

　これはきっと、女の子みんなに言ってるんだ。

　だって千茅くんレベルのイケメンだったら、女の子の扱い慣れてるだろうし。

　女の子が言われてよろこぶことを、自然と言えちゃうんだ。

　モテる千茅くん恐るべし……。

＊　＊　＊

　──お昼休み。

　スマホに1件のメッセージが。

　このタイミングでメッセージを送ってくるのはひとりしかいない。

「ゆ、柚和くんだ……」

　いったいなんの用だろう？

　既読をつけないように、うまくメッセージの内容を確認しようとしたら。

「うわっ、開いちゃった」

　間違えてタップしたせいで、既読がついてしまった。

　うっ……どうしよう。

　《待ってるんで来てください》ってメッセージが。

　これは、別校舎の部屋に来いということ。

　いま柚和くんとふたりっきりになるのは、まずい気がす

るの。

　キスマーク……これが気になって意識しないほうが無理
で。

　気になるなら柚和くんに聞いたらいいこと。

　ただ、どうしてだか聞く勇気が持てなくて。

　そのまま放課後になってしまった。

　結局メッセージを無視しちゃった……。

　柚和くんはあれから何も言ってこないけど。

　ぜったい怒ってる……よね。

　連絡は無視するし、会いに行ってないし。

　うぅ、でもでもわたしにだっていろいろ気になることが
あるわけで。

　なんだかここ最近、柚和くんにかき乱されてばかり。

　はぁ、もう帰ろう。

　——で、下駄箱に行ったらまさかの展開が。

「咲桜先輩」

　なんと偶然にも柚和くんがいた。

　今日はなんでこうも柚和くんとばったり遭遇するの？

　今回ばかりは隠れる暇もなく、見つかってしまった。

「な、なんで柚和くんが」

「誰かさんが僕の送ったメッセージ無視するんで」

　うっ、やっぱり怒ってる……。

　さすがにここで逃げようとするのはまずい……よね？

「逃げようなんてバカなこと考えないほうがいいですよ」

　ギクッ……。

　柚和くんって相手の思考読むの得意なの……!?

「先輩のくせに僕を無視するなんていい度胸」

　わぁ……口の悪さが炸裂してる。

　周りに人がいる手前、かろうじて笑ってるけど。

　こめかみに大きな怒りマークが見えてるよ。

「む、無視したわけじゃなくて。いろいろ考えてることが
あって」

「へぇ……俺より大切なこと?」

「ち、違う……考えてたのは柚和くんのことで──」

　あっ、やっちゃった。

　なんでわたしは口にしなくていいことをポロッとこぼし
ちゃうの……!

「なんだ、俺のこと考えてたんだ。じゃあ、それ教えて」

「い、言わない……っ」

　こうして話してる間も、首元が気になってしかたない。

　あ……でもそういえば。

　今朝、柚和くんがわたしの首元を見て何か言ったような。

「先輩のくせに生意気」

「柚和くんさっきから口悪いよ」

「誰のせいですかね」

「し、知らない……!」

　ぬぁ……もうこれじゃらちが明かない。

　やっぱりこのまま逃げるしかない──。

「だから、俺が逃がすと思う?」

「うぅ、人の思考読み取らないで……っ!」

「咲桜先輩がわかりやすいんですよ」

　わたしの片手をスッと取って、そのままギュッとつないできた。

　まるでわたしが逃げないように、つかまえてるみたい。

「な、ぅ……こ、こんなことしたら目立つよ」

　周りに人がいるのに。

　こんなの見られたら、変に噂になっちゃう。

「嫌なら本気で振りほどけば」

「っ……」

　そうやって言うくせに。

　ぜったい逃がさないように、指を絡めてキュッと握ってくるの。

　柚和くんはこういうところがずるい。

　相手に主導権を渡してるように見せて、甘く誘導して引き込んで。

　結局ぜんぶ柚和くんの思い通りになるんだから。

「に、逃げない……から」

　やんわり手を離そうとしても、わずかな力でグッと引っ張られちゃう。

「じゃあ、このまま一緒に帰るってことで。先輩の家まで送るんで」

「うぇ……？」

「俺がまだ先輩と一緒にいたいから」

「っ……」

　ほらまたそうやって、巧みに言葉を操って。

　柚和くんの言葉ひとつに、簡単に踊らされてる気がする。

　……で、結局柚和くんと帰ることに。

　つないでた手もやっと離してくれた。

　が、しかし……やっぱりふたりっきりは気まずい……。

　歩いてるときも、電車に乗ってるときもお互い無言。

　あっという間にわたしの家の最寄り駅に到着。

　こ、これ一緒に帰ってる意味ある?

　そう思っちゃうくらい、何を話していいかわからなさすぎて。

　気まずい空気のまま解散……かと思いきや。

「あれー、もしかして那花じゃね?」

「え……あっ、鶴木くん」

　うわぁ……なんてバッドタイミング。

　中学の同級生だった鶴木くんとばったり遭遇。

「すげー偶然じゃん。中学卒業以来じゃね?」

「そ、そうだね」

　鶴木くんとは中学3年間ずっと同じクラスだった。

　クラスメイトとして話すくらいの仲だったけど。

「中学の頃よりだいぶ可愛くなってんじゃん。けど、あれか〜頭の中はまだお花畑な感じ?　お前は黙ってれば可愛いのにな〜」

　やだな、この感じ。

　中学の頃と全然変わってない。

「つーか、お前彼氏できた?　なんか中学の頃からずっと夢見がちなことばっか言ってたよな〜」

「…………」

「王子様は現れましたか〜？」

　やっぱり、また始まった。

　中学の頃、鶴木くんに告白されてそれを断ってから、こうやってわたしをからかってくるようになった。

　もちろん、わたしが夢見がちなところもあるけど。

　鶴木くんはそれをいつもバカにしてくるし、みんなの前で笑いものにしてくる。

　だから会いたくなかった。

　とくに今は柚和くんと一緒にいるし……。

　こんなの相手にしないで、うまく流せばいいのに。

　やっぱり面と向かって言われたら、傷つかないわけなくて。

　なんて返したらいいか、言葉に詰まっていると。

　柚和くんが、わたしの前にスッと立った。

　まるで鶴木くんからわたしを守るように。

「おっ、もしかして那花の彼氏？」

「そうですけど」

　どうしよう。

　柚和くんに迷惑かけてる。

　それに、たぶん……かばってくれようとしてる。

「まあ、那花って顔だけは可愛いもんな。理想の王子様演じるの大変そ〜」

　鶴木くんはこういう人だから。

　言い返すだけ無駄……って自分に言い聞かすしかない。

「しかも、ちゃっかりイケメンゲットしてるあたり、お前やっぱすごいわ〜。さすが理想高いだけあるな〜。彼氏もお前の見た目に騙されてるだけなんじゃねーの？」

　スカートの裾をギュッと握って耐えてると。

　その手の上に……柚和くんの手が優しく重なった。

　手から伝わってくる温度に、不思議と安心する。

「顔の可愛い彼女連れて周りに自慢したいとか？」

　柚和くんが悪く言われるのは違う。

　さすがに度が過ぎてる。

　わたしが何か言わなきゃ、柚和くんにまで嫌な思いさせることになるから。

「つ、鶴木く──」

「僕は、咲桜先輩のそういうところもぜんぶ含めて可愛いなって思いますけど」

　今までずっと黙ってた柚和くんが口を開いた。

「あなたが知らないだけで、咲桜先輩は内面もめちゃくちゃ魅力的ですよ」

　さらに。

「あと、僕のことは好き放題言ってもらって結構ですけど。彼女を傷つけるようなことを言われるのは、彼氏として黙っていられないので。まだ咲桜先輩に対して何か言いたいことあるなら、僕がぜんぶ聞きます」

　柚和くんはいつも、誰に対しても温厚なのに。

　今は少し怒りを抑えたように話してる……気がする。

「もう用がないなら悪いこと言わないんで、今すぐ咲桜先

輩の前から消えてくれます？」

　ほんとの恋人同士じゃないのに。

　なんでこんなふうに守ってくれるの……？

　柚和くんが強く言ってくれたおかげで、鶴木くんは悔し
そうに去っていった。

　そのまま柚和くんが、わたしを人目のつかない路地裏に
連れ込んだ。

「ご、ごめんね。柚和くんまで巻き込んじゃって」

「僕は全然平気ですよ」

　嫌なこと思い出しちゃったな……。

　過去のことだし、今は柚和くんがはっきり言い返してく
れたから。

　別に気にしなきゃいいだけなのに。

　どうしても気分が落ち込んじゃう。

　頑張っていつも通りでいようとしても、どうしたらいい
か頭がこんがらがっちゃう。

「それより咲桜先輩は自分の心配してください」

「……え？」

「無理して笑わなくていいですよ。あれだけ言われたら誰
だって傷つくし、落ち込むから」

　まだつながれたままの手を、優しくそっと引かれて。

　柚和くんの胸に吸い込まれるように、抱きしめられた。

「あそこまで言われて言い返さなかった先輩は、あの人よ
りずっと大人だと僕は思いますよ」

「っ……」

　柚和くんの優しさに触れると、胸のあたりが変なふうに
なる。

　ざわざわして、ドキドキうるさくて。

「か、かばってくれて、守ってくれてありがとう……っ」

「僕は咲桜先輩に対して思ってることを素直に言っただけ
です」

　何それ、ずるいよ柚和くん。

　それは柚和くんの本心なの？

　それとも、表の顔をうまく作ってるだけ？

　柚和くんが優しい……せいにしたい。

「ゆわ……くん……」

　気づいたら、自分から柚和くんを求めるように……もっ
とギュッてしてた。

　こんな大胆なことしてるの、自分でもどうしてかわかん
ない。

　どうしてだか柚和くんに甘えたくて。

　今ならそれが許されるような気がして。

「そんな可愛い誘惑……どこで覚えたんですか」

　耳元で聞こえる柚和くんの声が、ちょっと余裕がなさそ
う……。

「先輩から誘ったんだから……覚悟して」

「覚悟……って？」

「俺に何されてもいいって」

　抱きしめられたまま。

　リボンがシュルッとほどかれた音がした。

　柚和くんの器用な指が、わたしの首元をくすぐって。

　鎖骨のあたりがヒヤッとした。

　目線を少し下に落とすと、ブラウスの上のほうのボタンだけ外されてた。

「ゆ、ゆわ……くん……？」

「だから……そうやって可愛く呼ぶのずるい」

「っ……？」

「……めちゃくちゃに甘いことしたくなるから」

　ブラウスがはだけたまま。

　妙に身体が熱くて、ドキドキするのはどうして……？

「そういえば、さっき聞きそびれたこと今教えて」

「……？」

「咲桜先輩が俺のこと考えてたって」

「ぅ……なんで覚えてるの……」

　もう忘れてくれたと思ったのに。

　なんで今のタイミングで思い出しちゃうの。

「教えてくれるまで先輩の身体に甘いことしていいの？」

　危険な甘いささやき。

　ここで逃げたら、きっと柚和くんは容赦しない。

　だから……。

「首のところ、紅い痕……つけたの柚和くん、なの？」

「俺じゃなかったら？」

「そんなイジワル言わないで……っ」

「だって先輩の反応が可愛いから」

「この前のこと……熱のせいで記憶が曖昧で……。柚和く

んと、すごく甘いことしてたのが夢なのか現実なのか、わ
かんなくて。首に紅い痕ちゃんと残ってるし……でも、柚
和くんは何も言ってこないし、うぅ……」

　ダメだぁ……言ってることわけわかんない。

　これじゃ、柚和くんも呆れて──。

「じゃあ、ちゃんと思い出して」

「へ……っ」

　首筋にピタッと柚和くんの唇が触れた瞬間。

　まるで身体が覚えてるみたいに、ぶわっと感覚がよみが
えってくる。

「俺はちゃんと覚えてるのに」

「ま、まって……柚和く……っ」

「どこ触ってもやわらかくて」

「……っ、ぅ」

「肌に吸い付くと、身体が素直に反応して甘い声が漏れて」

「や……んっ」

「ほら……思い出してきた？」

「ひぁ……ぅ」

　じっくり肌を舌でなぞるように舐めて。

　これだけでも全身に甘く響いてゾクゾクする。

「痕少し薄くなったから……もっとつけていい？」

「ま、まっ……」

「身体が拒否してないよ」

　声がうまく抑えられなくて、脚にも力が入らなくなって
くる。

「はぁ……っ、まだ足りない」

「もう、ほんとにまって……っ」

「やだ。誘った先輩が悪いんだよ」

　足元から崩れそうになっても、柚和くんの手が腰に回ってさらに身体をくっつけてくる。

「いいじゃん……俺のだってもっと痕残させて」

　首のところに何度もキスが落ちてくる。

　肌を軽く吸われて、チクッとする痛みがあるたびに身体が反応して。

　甘すぎて、ぜんぶ溶けそうになる……っ。

　ふわふわした気分のまま。

「これ……つけたときは唇外したけど」

　熱い吐息（といき）がぶつかって。

　余裕のなさそうな柚和くんが見えたのは一瞬。

「……今は俺が我慢できないから」

「んっ……」

「咲桜先輩の唇……俺にちょうだい」

　唇に強い感触が押し付けられて、あっという間に熱に溺れていく感覚。

「もっと俺に抱きついて」

「ふぅ……んんっ」

　さっき首筋に落ちてたキスよりも……唇にされるキスのほうが何倍も甘くて熱い。

　それを身体がわかってるみたいに、内側がさらに熱を持ち始めてる。

「ね……先輩。もっと押し付けて」

「んぅ……」

　甘さが思考を支配して、されるがまま。

　唇ぜんぶを奪うような、とろけちゃいそうなキス。

　チュッと唇を吸ったり、上唇を挟んで舐めてきたり。

「……先輩これ好きなの？」

「やぁ……っ、噛むの……ぅ」

「……わかりやすく声出てるの可愛い」

　甘い、甘すぎる柚和くんが止まらない。

　止めなきゃとか、抵抗しなきゃとか……そんなの考える余裕ぜんぶなくしちゃう。

　それくらい……柚和くんのキスは極上に甘いの。

「俺もこれじゃ足りない……もっと満足させて」

「んんっ……」

「声我慢しないで……もっと聞きたい」

「ぅ、ぁ……っ」

　こんなの自分じゃないみたいで、どんどん溺れていきそうになる中で。

　ふと……微かに頭の中をよぎったのは。

「ゆ、わく……んっ」

「もっと欲しがって、甘いのちょうだい──咲桜先輩」

　柚和くんの本心が知りたい。

キスはただの気まぐれ？

　柚和くんとキスした。

　首筋に真っ赤な痕がふたつ、鏡にはっきり映ってる。

　これは夢でもなんでもなくて。

　ぜんぶ意識あったし、なんなら唇に残ってる感触も消えてない。

「うぅ……ますます柚和くんに会うの気まずい……」

　キスしたあの日。

　わたしがキャパオーバーになって、離れるのを惜しむようにキスが止まった。

　それからわたしの頭はずっとふわふわしてて。

　気づいたら自分の部屋にいた。

　キスのあと、柚和くんが何か言ってた気もするけど。

　正直それどころじゃなくて、柚和くんとはそのまま別れてしまった。

　そして休みに入ってしまい──週明けの今日に至る。

　休みの日は、ずっと柚和くんのことばかり考えて。

　キスのことを思い出すたびに、身体がぶわっと熱くなってて。

　今もまだ……唇の感触が強く残ってる。

　うぅ、ダメだ。

　こんな調子で今日から学校って大丈夫かな。

　また柚和くんと会うのが気まずい……。

　いや、今回はさすがにキスしたのに平然としていられるわけないよね。

　と、とりあえず、しばらく柚和くんとは会わないようにしよう。

　もう少し落ち着いてから話を——。

「あ、咲桜先輩」

　そうそう、こうやって柚和くんに声をかけられてもスルーして……。

　……って、え？

　な、なぜいま柚和くんの声が？

「おはようございます、咲桜先輩」

「っ!?　え、え!?　な、なななんで柚和くんがここに!?」

　今わたしは自分の家を出たところで。

　な、なぜいるはずのない柚和くんが、わたしの家の前に!?

　ってか、前にも同じようなことなかった!?

「昨日メッセージ送りましたよ。明日の朝、迎えに行きますねって」

　こ、これもデジャブ……。

　休みの日はキスのことで頭いっぱいだったから。

　スマホなんか気にしてる余裕なかったよぉ……。

「今日風紀委員の当番ってこと、先輩忘れてるんじゃないかと思って」

「あっ、あぁ……！　そ、そうだったね！」

「その様子だとやっぱり忘れてました？」

「う、うん。すっかり頭から抜けてた」

今日たまたま早く家を出ようとしたから、よかった。

「じゃあ、僕が迎えにきて正解でしたね」

えーっと……あれ。

わたしたちキスした……んだよね？

それにしては、あまりにナチュラルすぎない？

もっとこう、態度に出るものなのでは……？

「あんまり遅くなると生徒指導の先生に怒られちゃうんで、早く行きましょ」

が、しかし、柚和くんは平常運転。

もはやキスしたことを忘れてるんじゃないかってレベル。

わたしは休みの日ずーっと考えてたのに。

満員電車に乗ってる今だって。

「僕の顔に何かついてます？」

「う、ううん。なんでもない……！」

柚和くんの唇に目がいくの、どうにかしたい……。

逆にわたしが意識しすぎなの？

それとも、柚和くんにとってあのキスは別に大したことじゃなかったとか？

だから、キスについて何も触れてこない……のかな。

なんだかわたしだけが空回りしてる。

「咲桜先輩。もっと僕のほうに身体あずけていいですよ」

「ぅ……きゃ」

柚和くんの身体に覆われて、自然と抱きしめられるかたちになる。

　キスのせいかわからないけど。

　柚和くんの腕の中にいると、前よりもっと異常なくらいドキドキして心臓が大変なことになる。

＊　＊　＊

　学校に着いて、すぐ門に集合。

　はぁぁ……今は挨拶運動してる場合じゃないのに。

　それに登校してくる生徒の制服までチェックしなきゃいけないなんて。

　こっちは今それどころじゃない……！

　わたしと同じく門に立ってる柚和くんは、優等生を演じながら爽やかにみんなに挨拶してる。

　やっぱり悩んでるのはわたしだけ。

　でもキスしたからって何か変わるわけじゃない……か。

　わたしの中でキスは好きな人とする特別なものって思ってるだけで。

　柚和くんにとっては、別に好きじゃない相手でもキスできたりする……のかもしれない。

　なんてことをグルグル考えてたら。

「うわっ！　な、なんですか！」

　急に見知らぬ男の子の顔が、視界に飛び込んできた。

　な、なになに。

　いきなりすぎてびっくりなんだけど。

「キミ今日の風紀委員の当番？」

「そ、そうですけど」

「わー、じゃあ俺が風紀乱したらキミが注意してくれんの？」

　うわぁ、厄介（やっかい）な男の子に絡まれちゃったよ……。

　無視しようにも、この場は離れられないし。

「ってか、よく見たら先輩じゃん！　えー、こんな可愛い先輩いたんだー」

「あの、えぇっと……」

「めちゃくちゃ可愛いっすね！　あとで連絡先とか教えてくださ──いてっ」

「おはよう、安藤（あんどう）」

「げっ、梵木じゃん！」

　なんと柚和くんが助けてくれた。

　もしかして、柚和くんの知り合いとか？

「何も頭叩くことねーじゃん！」

「優しく撫でてあげたの間違いじゃない？」

「いや、バシッといっただろ」

「たぶん気のせいだよ」

「ってか、お前風紀委員だっけ？」

「そうだよ。風紀乱してると僕がきつーく注意するからね」

「まてまて！　俺はこの先輩が可愛いと思って声をかけてただけで──」

「へぇ……。じゃあ、そのゆるんだネクタイを僕がちゃんと締（し）め直してあげよっか？」

「やめろやめろ！　その笑顔が逆に怖いぞ！」

「そうかな？」

「いつもの穏やかな梵木はどこいった！」

「僕はいつもと変わらないよ？　ほら、当番の邪魔になるから真面目な安藤は早く教室行こうね」

「真面目ってわざと強調したな」

「ん？　何か言ったかな」

「いーえ！　なんでもないでーす！　んじゃ、また教室でな！」

　やっぱり柚和くんのクラスメイトなんだ。

「えっと、柚和くんありがとう」

「いいえ。ってか、あんなふうに絡まれたら、ちゃんと断ったほうがいいですよ」

「断ろうとしたんだけど、相手の勢いに押されちゃって」

「先輩って押しに弱そうですもんね」

　うっ……たしかにそれはあるかもしれない。

「今回は僕がそばにいたからよかったですけど」

「……？」

「先輩はもっと自分が可愛いって自覚、ちゃんとしたほうがいいですよ」

　ほら出た。

　柚和くんの本心なのかわからない……けど、相手を簡単にドキッとさせるやつ。

　"可愛い"なんて簡単に言われたら困る。

　わたしが悩んでるなんて、柚和くんは知る由もなく。

　結局、キスのことには触れないまま。

　あっという間に放課後を迎えた。

　本当なら、今日はこのまま柚和くんと顔を合わせることなかったのに。

　急きょ風紀委員が集合をかけられて、委員会が開かれることに。

　しかも委員会が終わったあと、わたしと柚和くんはすぐに帰れず。

　今朝の活動の報告をまとめるために居残り。

　──で、今ようやくすべて終わって帰るところ。

　なんだけど。

　どうしてこうも、柚和くんとふたりっきりになることが多いのか。

　神様イジワルすぎないですか……？

「ふぅ……やっと帰れる」

「委員会もあったし、結構遅くなっちゃいましたね」

　柚和くんは相変わらず平常運転のまま。

　キスばかりに気を取られてるわたしっていったい……。

　ほんとは、なんでキスしたの……って聞きたい。

　柚和くんの今の気持ちが知りたい……なんて贅沢かな。

　駅まで柚和くんと帰る途中。

　町内の掲示板が、ふと目に留まった。

「夏祭りかぁ。もうそんな時期なんだね」

「あと少しで夏休みですもんね」

　大きな花火も上がるみたいだし、一度でいいから彼氏と夏祭りデートしてみたいなぁ。

「彼氏と夏祭りデートですか」

「え!?」

　わたしいま無意識に口にしてた!?

「顔にそうやって書いてありますよ」

「柚和くんぜったいエスパーだ……」

「咲桜先輩がわかりやすいんですよ」

　これだから柚和くんは敵に回せないんだよ。

　すると、空からポツリと冷たい雨粒が。

　次第に雨粒の量が増えていき……。

「え、うわ……雨……!?」

　こんないきなり降ってくる!?

　雨がザーザー降りだして、とても帰れそうにない。

　今日のわたしとことんついてない……。

　朝のテレビの星座占い 1 位だったのに。

「あー、結構降り始めちゃいましたね。先輩、折りたたみ
傘とか持ってます?」

「持ってない……」

「じゃあ、これかぶって走ってください」

「へ……うわっ!」

　いきなり頭に柚和くんのカーディガンをかぶせられた。

　そのままわたしの手を引いて走り出す柚和くん。

「え、ちょっ、柚和くん!?」

「このままついてきてください」

　冷静な柚和くんなら、雨宿りしましょうとか言いそうな
のに!

　このままびしょ濡れになるのは想定外すぎるよぉ……！

　──で、連れてこられた場所がどこかというと。

「こ、ここはいったい……」

　目の前に、ドーンと建ってる立派な一軒家。

「僕の家です」

　あぁ、見覚えがあると思ったら……！

　柚和くんのおうちにお邪魔するのは、勉強を教えてもらった日以来かも。

「どうぞ。あがってください」

「え、あっ、え？」

「雨宿りするにはちょうどいいと思うんで」

　まさかのまさか。

　こんな展開になるとは。

　ちょ、ちょっと待って。

　冷静に考えて、この展開は急すぎない……!?

　家の人もいないみたいだし、ふたりっきり？

　ここで、またしてもキスのことが浮かんじゃう。

　うぅ……わたしのほうが意識してばっかりだぁ……。

「先輩、脱いで」

「……うん」

「聞き分けいいね」

「う……ん。んん？」

　え、柚和くん今なんて？

　今さらっとすごいこと言わなかった？

「早くしないと俺が脱がすよ」

「ぬ、ぬが……!?」

「ボタン外すから、おとなしくしてて」

「っ!?　ゆ、柚和くん落ち着いて!?」

「その言葉、そっくりそのまま咲桜先輩に返す」

　　だ、だってだって……！

　　いきなり制服脱がされそうになったら焦るでしょ……！

　　なんで柚和くん冷静なの……！

「うぅぅ、まって……！　じ、自分で脱ぐ……からっ」

「ダメ。咲桜先輩とろいから」

「と、とろい!?」

　　それ失礼すぎない……!?

「ほら、じっとしてないと変なところ触るよ」

「な、ぅ……」

　　濡れちゃってるせいで、ブラウスが肌に張り付いて変な感じ。

　　でも、そんなことよりも、柚和くんの指先が動くたびにそっちに意識がぜんぶ集中。

　　だって、指の位置が際どくて。

　　ちょっとでも動いたら、柚和くんの指がわたしの身体に触れちゃうわけで。

「先輩、身体に力入りすぎ」

「だ、だってぇ……」

「別に変な気起きないんで。もしかして襲われるの期待してた？」

「なっ、し、してません……!!」

　もうなんでわたしばっかり……。

　完全に柚和くんのペースに乗せられて、遊ばれてる感すごい……。

「ブラウスから腕抜ける？」

「ぬ、抜ける……けど」

「けど？」

「ゆ、柚和くんの前では無理……っ」

　このままブラウスを脱いじゃったら、キャミソール1枚になるわけで。

　そんな恥ずかしい姿、見せられるわけない……っ。

　なのに。

「……俺の前だからいいんじゃなくて？」

「ふぇ……」

　壁に両手を押さえつけられた。

　ブラウスのボタンはぜんぶ外れて、はだけたまま。

「ほら、もうこれで咲桜先輩は俺から逃げられないね」

「ぅ、やぁ……離して……っ」

「少しだけ肌が見えると逆に興奮する」

　指先で軽く鎖骨に触れてきて。

　肌に指が触れてるってわかると、身体が勝手に反応しちゃう。

「うぅ……さっき変な気起きないって言ったのに……っ」

「だって先輩が可愛くてエロい声出すから」

「っ……」

「もっと攻めたくなるっていうか……乱したくなる」

　今でも充分すぎるくらい、柚和くんに乱されてるのに。

　これ以上されたら、ぜったいわたしの身がもたない。

　なのに。

「咲桜先輩……俺のほう見て」

「む、むり……っ」

「真っ赤な顔してる先輩も可愛いのに」

　惑わされちゃ、流されちゃダメなのに。

　柚和くんに甘く攻められると、拒否できなくなってる自分がいるのも事実で。

「咲桜先輩」

「っ……」

　耳元で名前を呼ばれただけなのに、異常なくらいのドキドキ感。

　いま柚和くんと目が合ったら──。

「ぅ、くしゅん……っ」

「ちょっとイジワルしすぎちゃいましたね。風邪ひくといけないんで、すぐシャワー準備してきますね」

　あ、危なかった……。

　へなへなっと足元から崩れちゃいそう。

　それに、今もまだ心臓がドキドキうるさい。

　完全にペースを乱されて、柚和くんにされるがままになってる。

＊　＊　＊

　あれからすぐにシャワーを浴びることになった。

　季節的に今はそんなに寒くないけど。

　雨で身体が少し冷えてたのもあって、シャワーがすごく温かく感じる。

　シャワーから出ると、真っ白のバスタオルと着替えが置いてあった。

　バスタオルを身体に巻いて、ふと鏡に映った自分を見て思った。

　こ、この状況よく考えたらいろいろとヤバくない……？

　柚和くんの家でシャワーを浴びて。

　しかも、今ここにはわたしたちしかいないわけで。

　今こうしてる姿すらもなんだか恥ずかしくて、いてもたってもいられなくなってきた。

「うぅ……早く服着よう」

　別に何か起こるわけでもないのに。

　それに、柚和くんさっき言ってたし。

　わたし相手じゃ変な気起きないって。

「でもさっき暴走してた……」

　柚和くんは、ほんとによくわかんない。

　結局、この前のキスのことについても触れてこないし。

　もはや、あのキスはノーカウント的な……？

　そうだ、そう思うことにすれば、変に意識しなくてすむかもしれない。

　用意してもらったTシャツをスポッとかぶった。

　ゆるっとしたグレーのTシャツ。

「サイズ大きいからワンピースみたい」

　Tシャツに合わせて下も用意してくれてたけど、必要なさそう。

　あらためて柚和くんって腕も脚も長いし、スタイル良いんだな……と。

　年下とはいえ、身体の大きさとかわたしと違って、ちゃんと男の子なんだ。

　脱衣所を出ると、いちばん奥の部屋の電気がついてる。

　柚和くんいるかな。

　入る前に扉を軽くノックすると。

「咲桜先輩?」

「う、うん」

「入ってきていいですよ」

　ここはどうやらリビングみたいで、とっても広い。

　柚和くんは大きめのソファに座ってたんだけど。

「ちゃんと温まりました?」

「…………」

「咲桜先輩?」

「っ、え……あっ、ぅ」

　視界に飛び込んできた柚和くんの姿に、言葉がうまく出てこない。

　だってだって……!

　いつもの制服姿とは違って、部屋着にメガネの柚和くん。

　前にも一度あったけど、メガネ姿の柚和くん破壊力すごすぎるんだってば……!

　こんなのぜったい意識しちゃう……。

「なんでそんな顔真っ赤？」

「ぅ……シャワーのせい……っ」

「ほんとに？　じゃあ、もっと俺のそばにきて」

　ゆっくり近づくと、あっという間に手を取られて柚和くんに後ろから抱きしめられる体勢に。

　わたしの肩に柚和くんがコツンと顎を乗せて、お腹のあたりには柚和くんの両手が回ってる。

「咲桜先輩から俺と同じ匂いがする」

「っ、ぅ……首くすぐったいよ」

　うなじのあたりに、柚和くんの唇がこすれてる……っ。

　わざとなのか、唇があたるたびにチュッとキスされてるような感じで。

「こういうの好き……。俺のって感じがして」

「ゆ、ゆわ……くん」

「なに？」

「首もダメだけど……手の位置もダメ……っ」

「……咲桜先輩が誘うような格好してるのに？」

　Tシャツの裾を軽く捲りあげて、手を滑り込ませてくる。

　柚和くんの大きな手に撫でられると、全身がピクッと反応しちゃう。

「これじゃ、俺に何されても文句言えないよ」

「だ、だから……っ、そこは触っちゃ、ぅ……」

「……きもちよくて声我慢できてないの可愛い」

　柚和くんのイジワルな手つきに、身体がいちいち反応し

て声も出ちゃう。

　我慢しようとしても、柚和くんは刺激を止めてくれない。

「ここ……強く押されるの好き？」

「ひぁ……っ」

「先輩の身体って素直で感じやすいね」

「ゆわ、く……っ」

「俺そういうのすごく好き」

「や……ぅ」

　柚和くんと触れ合ってると、おかしいくらいに身体の熱があがってクラクラする。

　身体の力だって、指先までぜんぶ抜けてく感覚。

「先輩の顔見せて」

「っ、や……だ」

「可愛い声だけじゃ物足りない」

　柚和くんの指先が、わたしの顎のあたりに触れて。

　そのままくるっと後ろを向かされた。

「……っ、や……見ないで……っ」

　目が合っただけで、ぶわっと気持ちが高ぶって抑え方がわかんなくなる……っ。

「やっぱさっきの撤回していい……？」

「……っ？」

「いま咲桜先輩のことめちゃくちゃにしたくなった」

　視界がぐるんと回転。

　真上に天井が映って、背中にはソファのやわらかい感触。

「こんな可愛い反応されて興奮しないわけないし」

「え、あっ……え」

「触れたい衝動……抑えるとかできない」

「っ……」

「もっと咲桜先輩で俺のこと満たしてほしくなる」

　危険な甘い誘惑。

　やっぱり、あのキスがカウントされないわけがない。

　今だって簡単にキスができちゃいそうな距離で、こんなこと言ってくるんだから。

「今はメガネ邪魔かも」

「な、なんで？」

　柚和くんが前のめりでグッと近づいてきて。

　軽くクイッとメガネをずらしながら。

「キスしにくいから」

「へ……」

　驚いてる間に、柚和くんがゆっくりメガネを外した。

「もっと近づかないと咲桜先輩の顔よく見えない」

「ま、まって……唇あたっちゃう……っ」

　相当目が悪いのか、構わずグイグイ近づいてくる。

「先輩っていちいち煽るような反応するよね」

「ふへ……？」

「……俺の理性試してるの？」

「柚和くん……っ。いろいろおかしい、よ……っ」

「なにが？」

「こうやって触れるのは、違う……気がするの」

　今さらこんなこと言うの遅すぎるけど。

でも、ここでちゃんと言わないと……。

「咲桜先輩だから触れたい。これじゃダメ？」

　ずるい、ずるいよ柚和くん。

　わたしが引こうとすれば、もっと甘い言葉で引くのを許してくれない。

　頭の中でいろんなことがグルグルして、もうパンク寸前。

　──なんて状況で、まさかの出来事が。

　開くと思ってなかった扉が、ガチャッと音を立てた。

　一瞬何が起きたのか理解が追いつかず。

　けど、扉の前に立ってる人を見てこれでもかってくらい驚いた。

「うぇ……ゆ、柚和くんがもう、ひとり……」

　スラッとしたスタイル抜群の男の人が立っていた。

　パッと見た感じ、わたしより年上のような大人な感じの雰囲気があって。

　何よりびっくりしてるのは。

「あぁ、ごめんね。邪魔しちゃったかな。俺は荷物を取りに来ただけだから」

　この人の顔立ちが、本当に柚和くんそっくり。

　どことなく、柚和くんを大人にしたような感じだけど。

　パッと見ただけだと、柚和くんと間違えてしまうほど。

　これだけ似ていて、この家にいるということは。

「もしかして、その子は柚和の彼女？」

「……別に兄さんにカンケーないでしょ」

　やっぱり柚和くんのお兄さんなんだ。

　どうりで顔立ちが似てるわけだ。

「柚和は相変わらず冷たいな。いいところ邪魔したから怒ってるとか？」

「……怒ってないよ」

「彼女とそういうことするなら自分の部屋でな？」

「わかったから。早く荷物持って出ていきなよ」

　なんか柚和くんの態度が冷たいっていうか、そっけないような。

　兄弟ってこんな感じなのかな。

　少しだけ柚和くんの様子に違和感。

　すると、お兄さんの目線がこっちに向いた。

「あっ、えっとお邪魔してます……！」

「あぁ、どうも。柚和のことよろしくね。少しひねくれてるけど、根はすごくいい子だからさ。兄の俺が言うのもなんだけど」

「えぇっと……」

「それじゃ、俺はこれで。ふたりの時間邪魔しちゃってごめん。俺も外で待たせてる人いるからさ」

　柚和くんのお兄さんは、ささっと家を出ていった。

　なんとも絶妙なタイミングだったというか。

　いま柚和くんとふたりっきりなの、結構気まずい……。

「ゆ、柚和くんってお兄さんいたんだね！　すごく似てたからびっくりしちゃった」

　相変わらず柚和くんの表情は硬いまま。

　それに、ため息をついて黙り込んでしまった。

　柚和くんがこんなわかりやすく表情に出したり、何も話さなくなるの珍しい。

　お兄さんに対して態度が冷たかったように感じたけど。

　このときのわたしは、柚和くんがどんな思いを抱えていたのか——まったく気づけなかった。

第 3 章

柚和くんらしさ。

　ただいま夏休み真っ最中。

　結局、あれから柚和くんとは会うことなく夏休みに突入
してしまった。

　このまま夏休みが明けるまで、柚和くんと会うことはな
いと思ってたんだけど。

　1週間前、柚和くんからメッセージが届いた。

　この前話してた夏祭り一緒に行こうって。

　そして今日がその当日なわけです。

　慌てて浴衣を新調して、メイクとか髪型とかどうしよ
うって散々悩みまくり……。

「お、お母さん！　これほんとにおかしくないかな」

「もう何回聞くのよ〜。浴衣もきれいに着られたし、髪型
だって可愛くできたじゃない」

「うぅ……自信ない……」

「大丈夫よ。いろいろ準備頑張ったんでしょう？」

「夏祭りに浴衣って気合い入りすぎかな。メイクも自信な
いよぉ……」

　髪は後ろでひとつにまとめて、浴衣は白をベースにした
ピンクの桜が大きく描かれたもの。

「咲桜は可愛いんだから自信持ちなさい！　ほら、もう出
ないと約束の時間に遅れちゃうわよ？」

　柚和くんとの約束は夕方の6時。

　家まで迎えに来てくれるって言ってたけど、それはさすがに悪いので断った。

　駅で待ち合わせても人がすごいだろうからって、現地集合にしてもらった。

　慣れない浴衣と下駄に苦戦しながら家を出た。

　浴衣ってすごく歩きにくいし、下駄も履き慣れてないから足が痛い。

　時間が経てば慣れるのかな。

　案の定、電車の中も最寄り駅も、夏祭りに向かう人でいっぱい。

　これは現地で合流するのも難しいのでは？

　とりあえず着いたってメッセージを送ってみた。

　というか、普通に誘われたから来ちゃったけど。

　よく考えてみたら、柚和くんと会うのちょっと……いや、かなり気まずくない？

　ただでさえキスのこと気にしてばかりなのに。

　自然に接することできるのかな。

　今さらながら不安になってきたよ。

「あれ、那花さん？」

　でも、柚和くんも柚和くんだよ。

　キスまでして、家でふたりっきりで触れてきたりして。

　それで意識しないほうがおかしくない？

　慣れてる柚和くんからしたら、それくらい普通のことなの？

「那花さーん。俺の声聞こえてるかな」

「……うぇ!?　ち、千茅くん!?」

　えっ、いつの間に!?

　というか、なんで千茅くんがここに!?

「ははっ、そんな驚く?　さっきから俺が声かけても反応してくれなかったから」

「え、あっ、ごめんね!」

「ううん、全然。それにしても、これだけ人が多いのに会えるなんてすごい偶然だね」

「た、たしかに!　えっと、千茅くんも夏祭り行くのかな」

「そうそう、友達に誘われてさ。現地集合にしたんだけど、人すごすぎて合流できてないんだ」

　わたしとほぼ同じ状況だ。

　わたしもまだ柚和くんと会えてないし。

「那花さんも誰かと待ち合わせ?」

「あ、うん!」

「へぇ、そっか。誰と待ち合わせてるの?」

　こういうときって、なんて答えたらいいんだろう。

　柚和くんは、ただの後輩……?

　それとも仮だけど付き合ってる彼氏……?

　そもそも……わたしと柚和くんの関係って……。

「もしかしてデート?」

「っ!?　デ、デート!?」

「那花さんって、ほんとわかりやすいよね」

「うぬ……今の忘れてください……」

「ってか、浴衣すごく可愛い。桜の柄って那花さんにぴっ

たりだし、似合ってるね」

「ほ、ほめても何も出ないよ……！」

「ははっ、素直に思ったこと言っただけだよ。那花さんの
デートの相手が俺だったらなぁ」

「え、え!?　千茅くん急にどうしたの!?」

「急じゃないよ。いつか那花さんとデートできたらいい
なーって思ってたから」

　ただのクラスメイトのわたしにも、こんなことを言って
しまうのか。

　これ言われた女の子たちみんな勘違いするし、期待し
ちゃうよ。

　しかも、すごく自然に言うから千茅くんってモテるわけ
だ。

　……なんて感心してたら。

「咲桜先輩」

「あ、柚和く──うぎゃっ」

　ようやく合流できたと思ったら、なぜかものすごい力で
わたしを抱き寄せてくる柚和くん。

「待たせちゃってすみません。ひとりで大丈夫でした？」

「うぬ……なんか距離近くない……!?」

「今さらじゃないですか。僕と先輩の仲なんだし」

「い、いや……えぇっと、千茅くんも見てるわけで……！」

　柚和くんがこんなわかりやすく、人前で抱きしめてくる
の珍しいような。

「あー……いたんですね。咲桜先輩しか見えてなかったん

で気づかなかったです」

　な、なんか今の言い方ちょっとトゲトゲしてる？

　それに千茅くんのこと睨（にら）んでる……？

　かろうじて笑ってるけど、機嫌悪そうっていうか。

「那花さんの待ち合わせ相手、キミだったんだ」

「そうですけど」

「このままキミが来なかったら、俺が那花さんを誘えたのにな」

「それは残念でしたね。今日咲桜先輩と約束してたのは僕なんで」

「あ、でも俺のほうが先に那花さんの可愛い浴衣姿見ちゃったね」

「…………」

「俺はキミみたいに約束してないけど、こうして那花さんと偶然会えたのすごいよね」

「……何が言いたいんです？」

「噂で聞くとキミかなりの優等生らしいね。人当たりも良くて、生徒からも先生からも信頼が厚い真面目な子だって聞いたよ」

「だから何が言いたい――」

「……そんなキミでも嫉妬（しっと）するんだね？」

　な、なんだろうこの場の空気感。

　柚和くんも千茅くんも、なんかバチバチしてる？

　前に委員会で少し話したときも、ふたりの雰囲気というか相性あんまりよくないかもとは思ったけど。

「……いきましょ、咲桜先輩」

　ちょっと強引に手を引かれて、グイグイ前を歩いていく柚和くん。

　やっぱり機嫌悪いのかな。

　……と思ったら、柚和くんが急に足を止めて振り返った。

「ゆ、柚和くん？　どうしたの？」

　あれ、なんかちょっとムッとしてる？

　これまた柚和くんにしては珍しい。

「やっぱり咲桜先輩の家まで迎えに行けばよかった」

「どうして？」

「だって……あの人のほうが先に咲桜先輩を見つけたから」

「千茅くんのこと？」

「そうですよ。それに……」

「……？」

「咲桜先輩の浴衣姿……俺がいちばんに見て可愛いって言いたかった」

　な、なななにその可愛い拗ね方……！

　普段そんなこと言わないくせに。

　急に年下っぽい一面を見せられた気がする。

＊　＊　＊

「うわぁぁ、屋台がいっぱいある……!!」

　花火が始まるまで、屋台を歩いて回ることに。

　お祭りの屋台って、見るだけでテンション上がるなぁ。

　なんでも食べたくなるし、なんでもやりたくなっちゃう。
「あんまりはしゃぐと転びますよ」
「だって、こんなに屋台あるんだよ！　全制覇したくなっ
ちゃうじゃん！」

　さっきまでの年下っぽい可愛い柚和くんはどこへやら。
　あっという間に、いつものような感じに戻ってしまった。
「慌てなくても屋台は逃げないですよ」
「むぅ……ぜったい柚和くんより楽しむもん！」

　柚和くんって、こういうお祭りとかではしゃぐタイプ
じゃなさそう。
　もしかしたら、内心面倒くさいとか思ってたり？
「柚和くん疲れたり面倒だって思ったりしてない？」
「そんなこと思ってたら、そもそも誘ったりしないですよ」

　さらっと両手をつながれて、真っすぐこちらを見てくる
柚和くん。
「咲桜先輩が楽しめたら、僕はそれでいいんで」
「っ……」

　ま、またそんなずるいこと言う……。
　再び歩き始めたけど、片手はつながれたまま。
「手、つなぐ……の？」
「だって先輩はしゃぎすぎて、目離すとすぐどっかいきそ
うだし」

　な、なるほど。
　わたしが迷子にならないためか。
「さっきみたいな男が寄ってくるのがいちばん厄介だし」

　人混みと周りのにぎやかさで、柚和くんの声がよく聞こえなかった。

　とりあえず、屋台を回ってみることになったけど。

「わたあめ……チョコバナナ……かき氷……どれも捨てがたい！」

「そんなぜんぶ食べれます？」

「甘いものはいくらでもいけるの！」

　夏祭りの屋台って、どうして何もかも美味(おい)しそうに見えちゃうの！

「一気に買うと持ちきれないんで。先輩がいちばん食べたいのは？」

「な、悩む……うぅ」

「じゃあ、とりあえずわたあめにします？」

　ということで、わたあめをゲット。

　わたあめって普段あんまり食べないから、すごく久しぶりだなぁ。

「んっ、ふわふわで甘いっ！　柚和くんも食べる？」

「僕あんま甘いの得意じゃないんで」

「あ、ごめんね！　気づかなくて」

　またしても、わたしだけはしゃいじゃってる。

「でもひと口もらいます」

　わたあめを持ってる手をつかまれて、そのまま柚和くんのほうへ。

「あわわっ、無理しなくていいよ！」

「咲桜先輩がすごく美味しそうに食べてるんで」

　パクッとひと口。

「あ、甘いよね？」

「思ったより甘いですけど。たまにはいいですね」

　なんて言って、もうひと口食べてた。

　屋台を回ってる途中で、面白い看板を見つけた。

「柚和くん見てこれ！　りんご飴が無料でもらえるんだって！」

「先輩ちゃんと看板読みました？　ゲームに勝ったらって書いてありますけど」

「ん？　あっ、ほんとだ！」

　お店の人がビー玉を手に隠すから、どっちに入ってるか当てるゲーム。

　見事当てられたら、りんご飴が無料でもらえるみたい。

「おっ、お嬢ちゃん試しにやってみるかー？」

「お、お願いします！」

　お店の人に声をかけてもらえて、チャレンジした結果。

「ぜったい右だと思ったのにぃ……」

　見事に負けてしまった。

　２択だから、さすがに当たると思ったのに。

「先輩は負けると思ってましたよ」

「なっ、それひどいよ！」

「だってこういう駆け引きとか苦手そうだし」

「ぬぅ……否定はしないけど。そ、そういう柚和くんだって、勝てる自信あるの？」

「やってみます？」

　　──で、柚和くんがやった結果。

「ま、参った！　兄ちゃんアンタよく当てるなー！」

　お店の人が3回もチャレンジさせてくれて、柚和くん見事に全勝。

　1回当たったときは、まぐれかと思ったけど。

　3回連続で当てちゃうって、すごすぎない？

　柚和くんのおかげで、りんご飴のほかにいちごとみかんの飴もらえちゃった。

「えへへっ、飴いっぱいだぁ！　柚和くんありがとうっ」

「よかったですね。たくさんもらえて」

「でも、よく当てられたよね！　どっちに入ってるかわかんないのに」

「表情見てたらなんとなくわかりますよ。人って何かごまかそうとするときとか、一瞬でも表情や目線に出るんで」

「ほへぇ。柚和くん探偵さんみたい」

「昔からの癖ですかね。人のそういうの読んじゃうの」

「柚和くんって、やっぱり賢いよね！　すごいなぁ」

「別にすごくないですよ。ただ……人の顔色うかがって、周りからどう評価されるとか……そういうのばっかり気にしてたら、相手の態度からいろんなことが読めるようになっただけなんで」

　少し呆れた感じで。

　落ち込んでるというか、諦めてるような少し投げやりな言い方。

「すぐそばに完璧な人間がいれば、それと比較されること

になるんで。必然的にいい子でいなきゃと思って、大人た
ちの顔色ばかり見ちゃうんですよね」

　この前、柚和くんのお兄さんと会ったときと同じ違和感。

「あー、なんか余計なこと話しちゃいましたね」

「ゆ、ゆわく──」

「そろそろ花火始まるんで。場所移動します？」

　なんだか今、柚和くんの言葉に耳を傾（かたむ）けてあげなきゃっ
て思った。

　柚和くん自身が何か思ってることがあるけど、それを自
分の中で溜め込んで打ち消そうとしてる気がして。

　他人にはぜったい見せないように……何かを隠してる。

　だけど、わたしが踏み込むのも違うのかな。

「咲桜先輩？」

「……あっ、うん。花火楽しみだね」

＊　＊　＊

　花火がいちばん見える場所に行くことに。

　……なったのはいいんだけど。

　はしゃぎすぎて失敗した。

　足のことすっかり忘れて楽しんでたけど、今になって痛
みがひどくなってる。

　もうすぐメインの花火が上がるのに……。

　足がめちゃくちゃ痛くて、歩くのもつらい……かも。

　足のことばかりに気を取られていると。

「わー!!　まってまって!!」

　小学生くらいの女の子が、こっちに向かって走ってきた。

　片手にはアイスを持っていて。

　すれ違った瞬間、運悪くアイスがベシャッとわたしの浴衣についた。

「あ、あ……ごめんなさい……!　お姉ちゃんの浴衣汚しちゃった……」

　ど、どうしよう。

　女の子が今にも泣きだしそう。

「だ、大丈夫だよ。気にしないで。えっと、あっちでお友達待ってない?」

「で、でも……っ、わたしがお姉ちゃんにぶつかったせいで、アイスついちゃった……っ」

「わたしは全然平気だから、泣かないで?」

　女の子の目線に合わせてしゃがみ込んで、頭をポンポンと撫でてあげた。

「友達とお祭り楽しんでね?」

「うん……っ!　お姉ちゃんありがとう……!」

　笑顔で手を振って女の子を見送った。

　さて、これどうしよう……。

　とりあえず、ハンカチを濡らして拭いたらなんとかなるかな。

　あ、でももうすぐ花火始まるし時間ないか……。

　立ち上がろうとしたら、足の指先がピリッと痛い。

　うっ……思った以上にひどくなってるかも。

　足を見ると小指のあたりが真っ赤に腫れてた。

　足は痛いし、浴衣は汚れちゃうしついてない……。

「ほんと先輩ってお人よしですね」

「うぅ……きゃっ」

「じっとしててください。暴れると落ちますよ」

　じっとしてられないよ、暴れたくもなるよ。

　だって、柚和くんがいきなりお姫様抱っこしてくるから。

「こ、これ目立つよ……！」

「周り見なきゃいいんじゃないですか？」

「柚和くん冷静すぎるよぉ……」

「そんな気になるなら、僕の胸に顔埋めてたらいいですよ」

　周りからの視線に、恥ずかしくて耐えられず。

　言われた通り、柚和くんの胸に顔を埋めた。

　もうすぐ花火が始まっちゃう。

　花火を見るために場所を取りに行く人たちとは、逆のほうへ歩いていく柚和くん。

　だんだんと人混みから抜けて、屋台の明るさもほとんどなくなった。

　さっきまでのにぎやかさから一変、ものすごく静かな場所。

　連れてこられたのは、少し古びた神社。

　周りは薄暗くて人がまったくいない。

　石段の上に優しくおろされた。

　近くに水飲み場みたいなのがあって、柚和くんが自分のハンカチを濡らしてこっちに来た。

「これで少しマシになるといいんですけど」

「え、あっ、ごめんね！　わたし自分でやるよ！」

「いいですよ、遠慮（えんりょ）しなくて」

　浴衣の汚れてしまった部分を丁寧（ていねい）に拭いてくれた。

　だけかと思いきや。

　柚和くんの手が、そっとわたしの足に触れた。

「うぇ……ゆ、柚和くん……？」

「我慢するの、先輩の悪い癖ですよ」

「……え？」

「足の指が真っ赤じゃないですか」

　もしかして、わたしが足痛いの気づいて……？

「痛いなら我慢せずに言わなきゃダメですよ」

「だって、せっかくだから楽しみたいし、足が痛いなんて言ったら迷惑かなって……」

「そんなこと思わないですよ。むしろ、僕には我慢せずに言ってほしかったです」

「っ……」

「僕がすぐ気づけばよかったですね。そうすれば先輩に無理させることなかったのに」

　また柚和くんはずるいことを言う。

　勘違いしそうになる……自分が特別に想ってもらえてるんじゃないかって。

　これは柚和くんの本心？　それとも――。

「柚和くんは悪くない……よ。わたしのほうこそごめんね、言い出せなくて」

「じゃあ、ここでこのまま花火見ましょうか」

「え、ここから？」

「穴場スポットなんですよ」

「へ、へぇ。そうなんだ」

「ってか、足大丈夫ですか？　もし痛みがひどいなら、このまま家まで送りますよ」

「へ、平気！　あっ、これは無理してるとかじゃなくて、花火が楽しみだから！」

　これもほんとだけど。

　いま柚和くんとふたりっきりでいたい……なんて。

　こんなこと思うのわがままかな。

　柚和くんがわたしの隣に座ると、お互いの肩がぶつかる。

　これくらいの距離なら、もう慣れてるはずなのに。

　周りの静けさと、ふたりっきりの雰囲気に緊張しちゃう。

「なんかあらためて思ったんですけど、先輩って優しいですよね」

「え、急にどうしたの？」

「さっき子どもがぶつかってきても、先輩ずっと笑顔で接してたじゃないですか」

「あ、あれは、わたしの不注意でもあったし」

　わたしがもっと周りをちゃんと見てたら、ぶつからずにすんだかもしれないし。

「あと、子どもが泣きそうになったとき、同じ目線になるようにしゃがみ込んで、笑いかけてあげて。ほんと優しいなって思いました」

「そう、かな」

「僕も……咲桜先輩みたいに、純粋に人と接することができたらいいのに」

　あ、まただ。

　いつもの柚和くんとどこか違う感じ。

　とっさに柚和くんの手の上に、自分の手をそっと重ねた。

「咲桜先輩から手つないでくれるの珍しいですね」

「たまに……柚和くんが自分の中で抱えてる何かを抑え込んで無理してるように感じるときがあって」

「もしかして、いま感じました？」

「い、今もそうだけど。さっき人の表情とか読んじゃうのが癖って聞いたときも。あと、柚和くんのお兄さんと会ったとき……」

「…………」

　少しの間、柚和くんが口を閉ざしたまま。

　踏み込みすぎた……かな。

「咲桜先輩は……僕の兄を見てどう思いました？」

「ゆ、柚和くんにすごく似てるなって思った」

「そうですよね。周りからも僕と兄はよく似てるって言われるんで」

　心なしか、あまりうれしそうじゃない。

　兄弟で似てるって言われるの嫌なのかな。

「だからこそ……兄か僕、優秀なほうに周りの目はいくし期待もする」

「…………」

「昔からいろんなことに挑戦しても、自分を簡単に超える
存在がそばにいると、挑戦すること自体が嫌になってきた
りするんですよね。僕がどれだけ努力したとしても……完
璧な兄にはかなわない。周りも兄ばかり評価するんで」

　これはきっと、柚和くんがずっと心の中で抱えてきたこ
と。

「幼い頃から完璧な兄と比べられるから、僕はひたすら頑
張るしかない。けど、どう頑張ったって僕は兄を超えられ
ない」

　今までずっと周りの誰にも打ち明けられずに、自分の中
で消化してきたこと……なのかもしれない。

「だから僕は周りが求める人間になろうとして……気づい
たら心を許せる相手がいなくなって。優等生を演じてたら、
周りはそれなりに信頼してくれるし評価もしてくれる。け
どそれは作り物の僕で、ほんとの僕じゃない」

「っ……」

「誰の前でもいい子でいなきゃって。そのほうがいろいろ
物事だってうまく進むから。けど、次第に自分が自然体で
いることができなくなったんですよね」

　柚和くんの誰も知らない一面。

　柚和くんがいい子でいたのも、本性を隠してたのも。

　隠してたんじゃない……見せられなくなってたんだ、ほ
んとの自分を。

「でも、柚和くんだって何もかも完璧にこなして——」

「兄と比べたら僕なんて全然完璧じゃないですよ」

「お兄さんがどんな人柄かわからないけど、柚和くんには柚和くんのいいところがあると思うの。完璧な柚和くんもかっこいいけど、たまには誰かに弱いところを見せてもいいんじゃないかな」

　こんなこと、わたしが言える立場じゃないかもしれないけど。

「誰かと比べる必要はないと思うし、柚和くんは柚和くんらしくいればいいと思うの。人の目とか周りの評価なんて気にしなくても、そのままの柚和くんに魅力があるわけだし」

「…………」

「わたしは柚和くんが過ごしてきた環境を全然知らなくて、柚和くんの抱えてる気持ちをぜんぶわかってあげることもできない……。けど、柚和くんが自分のことを認めずに、自分の中で思ってることを押し殺しちゃうのはよくないと思ったの」

　柚和くんには自分を否定しないでほしいから。

「……なんか最近気づいたんですよね」

「……？」

「咲桜先輩といるときだけ、気が楽っていうか変に気張らなくていいっていうか」

　さっきまで重ねていただけの手が、今度は柚和くんによってギュッとつながれた。

「今だってそうですけど……先輩は簡単に僕の心の中に入ってくるから」

「え、あっ……もし気分悪くしたならごめ――」

「……違います。むしろ先輩みたいな人、はじめてだから」

　耳元に微かにヒューッと音がして。

　夜空にドンッと大きな花火が上がった瞬間――。

　色鮮やかな花火の光に照らされた……柚和くんのきれいな顔が映った。

「っ……」

　同時に、唇がふわっと重なった。

　今この瞬間が止まってるように感じるくらい――。

　唇が触れた瞬間も、触れ合ってる今も……心臓がバクバク鳴ってる。

　今もまだ夜空に打ち上げられてる花火の音に負けないくらい。

　ゆっくり唇が離れて、お互いの視線がしっかり絡む。

　見つめ合ってるだけなのに、胸のドキドキは治まることを知らない。

「……なんで、キス……したの？」

「…………」

「ゆ、ゆわく……んっ」

　言葉を遮（さえぎ）るように、またキスが落ちてきた。

　前にキスされたときの感覚が、ぶわっとよみがえる。

　キスした理由聞けそうだったのに。

　甘いキスに邪魔されて何も言えない。

　それに……。

「……咲桜先輩」

「んぅ……」

　柚和くんが、これでもかってくらい甘く求めてくるから。

　唇から伝わる熱が、じわっと広がって。

　花火の音がぜんぶ耳に届かないくらい──甘いキスに夢中になってる。

　でも、心のどこかで思うのは──柚和くんの本当の気持ちが知りたい。

知りたいのに近づけない。

「わたしの知らないところで、咲桜すっかり大変なことに
なってるねぇ」

　柚和くんといろいろありすぎて、ひとりだともうパンク
しちゃいそうで。

　ついにぜんぶ風音ちゃんに相談することに。

「夏休み明けて早々、まさかこんな話をされるとはね」

「か、風音ちゃん助けてぇ……」

「つまり話を整理すると、梵木くんの裏の顔を知った代わ
りに仮で付き合うことになったと。……で、梵木くんの気
持ちがわからないまま、触れたりキスまで許してしまった
と？」

「まさにその通りです……」

　風音ちゃん話まとめるのうますぎない……？

　そこに感心してる場合じゃないんだけどさ。

「ってか、キスしてくる時点でもう好きなんじゃない？」

「え？　誰が誰を？」

「梵木くんが咲桜を好きってこと」

「…………」

「好きじゃなかったらキスする理由なくない？」

「……うえぇ!?　そ、それはないよ!!」

「いや、何その驚き方」

「だってだって、柚和くんに限ってそんなこと……！」

「それにさ、クラスの子が噂してたよ。最近梵木くん変わったって」

「か、変わった？　柚和くんが？」

「そうそう。優しいのは変わんないけど、少しずつ素直に感情を表に出してる気がするってみんな言ってるよ。咲桜と接していく中で、梵木くん自身にも何か変化があったんじゃない？　咲桜にだけ気を許してるっぽいし」

「ど、どうなんだろう」

「梵木くんに気持ちたしかめたの？」

　首を横に振ると、風音ちゃんはため息をついて。

「あのねぇ、そういう曖昧な関係がいちばんよくないの。梵木くんにも悪いところはあるけど、拒否できなかった咲桜も悪い」

　うぅ……その意見ごもっとも。

「とりあえず、今のままの関係でいるのはやめること。梵木くんの気持ちをきちんと確認して、ふたりの関係性をはっきりさせることだね」

　風音ちゃんの言う通り、このままでいるのはよくない。

　頭ではわかってるけど、柚和くんの気持ちをたしかめるのが少し怖い。

　だって、もしわたしに気持ちが向いてなかったら——。

「咲桜の気持ちはどうなの。まずはそこがいちばん大事でしょ。もともと梵木くんにひとめ惚れだったけど、今はどうなの？」

　出会ったばかりの頃、柚和くんはまさに憧れの存在。

　柚和くんのかっこよさと優しさにひとめ惚れした。

　けど、裏の顔があったって知って。

　最初は猫かぶりとかありえないし、柚和くんが理想の王子様なんてぜんぶ撤回!!とか思ってた。

　でも——。

「まずは咲桜が梵木くんのことをどう思ってるか、はっきりさせないとねぇ。その様子だと、咲桜が梵木くんに対して思ってることもありそうだし」

　夏祭りの日以来、柚和くんとは会ってない。

　気づいたら夏休みが終わってて、9月に突入して今に至る……みたいな。

　新学期が始まって数日が過ぎてるけど、学校内で柚和くんと会うことはほとんどないし。

　柚和くんの気持ち……ちゃんと聞かなきゃ。

　それと、わたしの気持ちもはっきりさせなくちゃいけない。

＊　＊　＊

　ある日の放課後。

「あ、那花さん。今から時間あったりする？」

「うん、どうかした？」

「じつは委員会で使う備品の買い物頼まれちゃってさ。今から買いに行くんだけど、よかったら付き合ってくれないかな」

「なるほど！　千茅くんひとりに任せちゃうの悪いから、わたしも行くよ！」

「そっか、よかった。那花さんと放課後どこか行くのはじめてだよね」

　千茅くんとはクラスではよく喋るほうだけど。

　一緒にどこか行くとか、そういうのはなかったなぁ。

「うれしいなー。那花さんとふたりで出かけられるの」

「逆にわたしでよかったかな」

「那花さんがいいから誘ったんだけどな」

　こうして、千茅くんと近くのショッピングモールに向かうことに。

　……なったのはいいんだけど。

　ここでまさかの事態が発生。

　ほんとに偶然……廊下ですれ違いざまに柚和くんとばったり。

　な、なんてタイミング……。

　なんだか目を合わせるのも気まずい。

　も、もしかしたら、柚和くんがわたしに気づいてないことも──。

「咲桜先輩」

　あるわけないですよね……。

　すれ違った瞬間、柚和くんにパッと手をつかまれた。

　わたしが動きを止めると、千茅くんも足を止めた。

　妙に気まずい……この空間。

　わたしか柚和くんか……どちらかが先に口を開くと思っ

たんだけど。

　千茅くんが、わたしの前にスッと立った。

　……ので、柚和くんにつかまれた手は離れていった。

「キミたしか梵木くんだっけ？　委員会一緒だったよね」

「……そうですけど。ってか、そうやって咲桜先輩を隠すのやめてもらえません？」

「だって、こうでもしないとキミが俺から那花さんを奪っていきそうだから」

　ふたりの顔を見なくてもわかる。

　空気がピリピリしてるのが。

　どうも柚和くんと千茅くんは相性が悪いっぽい。

「俺と那花さん今からデートなんだ。ふたりっきりだから、邪魔しないでほしいな」

　あ、あれ？　備品の買い出しに行くだけじゃ？

　いつからデートになったの!?

「へぇ……それって萩野先輩が無理やり誘ったんですか？」

「まさか違うよ。那花さんもいいよって言ってくれたし」

　千茅くんが前にいるから、いま柚和くんがどんな表情をしてるのか見えない。

　すると、柚和くんが何も言わずにその場を去っていった。

　一瞬だけ柚和くんのほうを見たけど、こっちを見てくれなかった。

＊　＊　＊

「那花さん」

「…………」

「那花さーん」

「うわっ！」

　いきなりドアップで商品が並んだ棚が、視界に飛び込んできた。

　あとちょっとで棚に激突するところだった。

「ボーッとしてると危ないよ？」

「ご、ごめんね！　はっ、千茅くんばっかり荷物持ってるよ!?　わたしも持つよ！」

「いいよ、結構重たいし」

　結局、ショッピングモールに着いてから、買い物はぜんぶ千茅くんが中心。

　おまけに荷物まで持ってくれてる。

　わたしなんのためについてきた……!?

「わたし何もできてないから、せめて荷物くらい持つよ！」

「じゃあ、少し休憩付き合ってくれる？」

　──というわけで、千茅くんとカフェに入ることに。

　せめて注文だけでもわたしが……。

「那花さんは席で待ってて。俺買ってくるから」

「それはさすがに悪いよ！　千茅くんが座ってて！」

　とか言ってる間に、千茅くん注文の列に並んでるし。

　またしても千茅くんに気を使わせてしまった。

　というか、千茅くんが紳士すぎる……。

「おまたせ。那花さん甘いの好きだよね？」

「あっ、うん」

　前にわたしが甘いもの好きって話したの、覚えてくれてたんだ。

「キャラメルラテでよかったかな。もし苦手だったら俺の抹茶クリームと交換でもいいし」

「キャラメルラテすごく好き！　カフェとか行くとよく注文してるから！」

「そっか、それならよかった。あと、那花さんには特別にこれもどうぞ」

　キャラメルラテと一緒に、生クリームたっぷりのシフォンケーキが。

「えぇ、そんな悪い——あっ、お金！　すぐ払うね！」

「いいよ、気にしないで」

「気にするよ！　千茅くんにしてもらってばかりだし」

　わたしほぼ何もしてないし。

　挙句の果てにカフェでご馳走になるなんて。

「じゃあ、今日買い物付き合ってくれたお礼ってことで」

「で、でも……！」

「那花さんの放課後、こうして俺がもらったわけだし。だからほんとに気にしないで」

　うぅ……こう言われると、なんて返していいのか。

　逆に断り続けるのも悪い気がする。

「ぅ……えっと、ありがとう」

「いいえ、どういたしまして」

　千茅くんって、ほんとやることがスマートだなぁ。

　これで彼女がいないって謎すぎるよ。

「ってか、俺が那花さんを誘いたかったから。備品の買い出しはただの口実ね」

「そ、そうなの？」

「あらためて那花さんとふたりで話したいなーって」

　さっきから周りにいる女の子の視線が、千茅くんに集まってる。

　やっぱりかっこいいから目立つんだろうなぁ。

「じつはさ、俺も甘いの好きなんだよね」

「へぇ、そうなんだ！」

　これは意外な一面かもしれない。

「結構甘党でさ。砂糖とかミルクたっぷりなの好きだし、甘いクリームもいくらでも食べられるんだよね」

　反対に柚和くんは、クリームたっぷりなの苦手そう。

　甘いのが得意じゃないから、ブラックコーヒーとか飲んでそうだなぁ。

「いま何考えてたの？」

「へ？」

「すごくやわらかい顔して笑ってたから」

「え、あっ、そうかな」

　いま一緒にいるのは千茅くんなのに。

　気づいたら柚和くんのこと考えてた。

「梵木くん」

「……っ!?」

　いきなり千茅くんの口から、柚和くんの名前が出てきて

びっくり。

「さっきさ、梵木くんと話したとき……彼、何か言いたそうにしてたよ」

「そう……なんだ」

　わたしは顔が見えなかったから。

　けど、何を言いたかったんだろう？

「俺がデートって言ったから嫉妬したのかな？」

「し、嫉妬？」

「だって、すごく不満そうな顔してたからさ」

　人前でめったに表情を崩さない柚和くんが……？

　まさかそんなこと——。

「もし答えたくなかったらスルーしてもらっていいんだけど。……ふたりってどういう関係？」

　風音ちゃんの言う通りだ。

　曖昧な関係のままだから、こうやって聞かれたとき返す言葉が何もない。

「ただの先輩と後輩……ではなさそうだよね」

「っ……」

　今ならいくらでもごまかせるはずなのに。

　ただの先輩と後輩って、言い張ることだってできるのに。

　どうしてだか、肯定も否定もできない。

「那花さんは……彼のこと特別に想ってる？」

　どうして、こんなこと聞くんだろう……？

　千茅くんは表情を崩さず、すごく真剣な顔でこっちを見てる。

「わたしは……」

　柚和くんのこと特別に想ってる……？

　ちゃんと自分の気持ちを整理しなきゃいけないのに。

　はっきりした答えが出せないのは──。

「……ごめん。俺が深く聞くことじゃないね。今の忘れて」

　そこから先、千茅くんとの会話はほとんど覚えてなくて。

　さっきまで甘く感じてたキャラメルラテは、いつの間にか味がわからなくなってた。

* * *

　千茅くんと出かけた日以来、柚和くんとまったく会えてない。

　気づいたらもう1週間以上、柚和くんの顔を見てないし声も聞いてない。

　気になってこっちからメッセージを送っても、全然既読にならないし。

　うぅ……なんでわたしこんな柚和くんでいっぱいなの？

　──で、結局……放課後いつもの別校舎の部屋に来てしまった。

　ここに来るの、何気に久しぶりかもしれない。

　ゆっくり扉を開けて中を覗くと。

「タイミング悪かったかな……」

　柚和くんはいなかった。

　それから気づいたら、いつも柚和くんのことばかり気に

なって。

　夜寝る前と、朝起きたときに柚和くんから連絡来てない
かスマホばっかり気にして。

　学校では移動教室のときとか、柚和くんに会えないか
なって周りをキョロキョロしたり。

　常に柚和くんを探してる自分がいて。

　気づいたら、柚和くんのこと追いかけてばかり。

＊　＊　＊

　やっと柚和くんに会えたのは、それから数日後の放課後。

　ちょうど校舎を出ていこうとしてるところだった。

「ゆ、柚和くん……！」

　声をかけずにはいられなくて。

　でも、柚和くんはプイッとわたしから目をそらした。

　久しぶりに会えてうれしいのに、柚和くんはどこかそっ
けない。

　おまけにわたしのことをスルーして歩き出しちゃうか
ら。

「あわわっ、柚和くん待って」

「…………」

　どこに行くのかと思えば、いつも柚和くんが使ってる別
校舎の部屋へ。

　そのまま中に入っていくからわたしも入ろうとしたら、
柚和くんが足を止めてこっちを向いた。

　久しぶりに柚和くんの顔をちゃんと見た。

「柚和くん、何か怒ってる……？」

「……咲桜先輩のせいですよ」

　手をグイッと引かれて、あっという間に柚和くんの腕の中。

　同時に部屋の鍵(かぎ)がガチャッとかかった音がした。

「ゆわ……くん？」

　こんなに近くに感じるのが久しぶりで、心臓がわかりやすくドキドキ鳴ってる。

　密着してる身体から、この音が伝わっちゃいそう。

「……咲桜先輩に会いたくなかった」

　まさかの言葉に、思わず固まる。

　柚和くんの機嫌を損ねるようなことしちゃったのかな。

　頭の中でグルグル考えるけど、何も浮かんでこない。

　柚和くんに会いたくなかったって言われて、わかりやすくショックを受けてる。

「わたし何かした……かな」

「鈍感だし自覚ないし」

　口調がいつもより強い……。

　すごく怒ってるみたいなのに、抱きしめ方が優しいのはなんで……？

「はぁ……なんで俺こんなイライラしてるんだろ」

　もっと、もっと……ギュッて抱きしめてくる。

「……咲桜先輩といると、自分らしくいられなくなる」

「…………」

「俺、自分の感情隠すの得意だし、そもそも他人に対して何か特別な想いなんか抱いたりしなかった」

　身体をゆっくり離されて。

　柚和くんの真っすぐな瞳は、まったくぶれない。

「だから、今までずっと他人に感情を乱されたことなんかなかったのに」

　おでこがコツンとぶつかって……すごく近くで視線がぶつかる。

「……咲桜先輩のことになると、抑えがきかない」

　そのまま手を引かれて、身体がソファに倒された。

　真上に覆いかぶさる柚和くんは、いつもと違う。

　少し余裕がなさそうで、もどかしさを感じるような表情をしてる。

「ゆ、ゆわく——」

「……嫌ならちゃんと拒んで」

　ゆっくり優しく……唇を合わせてきた。

　きっと、拒もうと思えば拒めたのに。

　どうしてだか、それができなかった。

　でも、唇が重なった瞬間どうしようもないくらい胸が苦しい。

　キスはするけど気持ちは教えてくれない。

「なんで……こういうことするの……っ？」

「……先輩にしかしない」

「わたしのことただ面白がってからかってるだけ……？」

「じゃあ……俺が先輩以外の女の人と、こういうことして

いいの?」

「っ……」

　ほんとは嫌だ。

　でもわたしが引き止める権利もない。

　いつまでも、柚和くんの気持ちはわからないまま。

　知りたいのに近づけない。

　瞳にほんの少し……涙が浮かんで揺れてる。

　甘いはずのキスが……苦しくて仕方なかった。

わたしと柚和くんの関係。

「那花さん」

「…………」

「那花さーん」

「……はっ、千茅くん」

　ボーッとしてたせい。

　気づいたら放課後になってた。

　千茅くんの顔が、ドアップで映ってびっくり。

「なんか前にもこんなことあったね。那花さんって考え事
すると周りの声が聞こえなくなるタイプだ？」

「ど、どうなんだろう」

　ここ最近ずっと、考えるのは柚和くんのことばかり。

　こんな曖昧な関係よくないって思うのに、いざ柚和くん
を目の前にすると流されちゃう自分も悪い。

「ところで、那花さん今から委員会の当番だよね？」

「え、あれ、そうだっけ」

　すっかり忘れてた。

　仕事はいつも最初に決めたペアでやるから、必然的に柚
和くんと顔を合わせることになる。

　正直、今は会いたくないな……。

　でも、仕事サボるわけにもいかないし。

「そうだ。いま那花さん体調悪い？」

「え？　いや、別に元気──」

「そっか。体調悪いなら仕方ないよね。今日の委員の仕事
俺が代わるよ」
「え、え？」
　千茅くん急にどうしたの……!?
「先生にはうまく言っておくからさ。那花さんはゆっくり
休んで」
「え、ちょっ——」
　戸惑ってる間に、千茅くんは教室から出ていってしまっ
た。

*　*　*

「あれ、那花さん帰ってなかったんだ？」
　結局あれから教室で千茅くんを待つことにした。
　今ちょうど千茅くんが教室に戻ってきたところ。
「な、なんで仕事代わってくれたの？」
「んー、那花さんが浮かない顔してたからかな」
　きっと、千茅くんなりに察して気遣ってくれたんだ。
　なんだか申し訳ないな……。
　柚和くんは、このことどう思っただろう。
　わたしが会いたくないって、避けたと思ったかな。
「彼——梵木くんのこと気になる？」
「っ……」
　まるでわたしの考えてること、ぜんぶ見透かしてるみた
い。

「那花さんが最近浮かない顔ばかりして悩んでるのも、梵木くんが関係してると思って。梵木くんと何かあったのか心配でさ。余計なお節介だったかな」

「そ、そんなことないよ。千茅くんはいつも優しいね」

「……誰にでも優しいわけじゃないよ」

　低くボソッとつぶやかれた声と同時。

　わたしの前に、千茅くんの大きな影がかぶさった。

　ゆっくり顔をあげると、千茅くんの顔が少し切なげに歪んでいた。

「那花さんだから優しくしたい」

　けっして強引な手つきじゃなくて、優しく包むように千茅くんの手が頬に触れてくる。

「自分の中でいろいろ抑えてきたつもりなんだ。那花さんに気づいてもらえるまで自分の気持ちは伝えずに、ほんの少しでもいいから俺に気持ちが傾く瞬間があればいいのにって」

「…………」

「最初のうちはただのクラスメイトとしてでも、楽しく話せればそれでいいと思ってた。それに、勝手に勘違いしてたんだ。那花さんと少しずつ距離が縮まってるかもって」

　千茅くんの顔がゆっくり近づいてきて、コツンと……おでこがぶつかった。

「でもそれはやっぱり俺の勘違いで。那花さんの心の中にいるのは俺じゃない」

　今まで見たことない……千茅くんのこんな表情。

　どこか切なくて、もどかしそうで。

　距離の近さにとっさに顔を背（そむ）けちゃったけど……。

「ご、ごめんね……っ」

　千茅くんの傷ついたような顔が見えて、胸が痛くなる。

「俺だけを見て、俺だけのことを考えてくれたら——って。気づいたらいろんな欲が出てきて抑えられなくなってた」

「ち、千茅く——」

「踏み込まないようにしようって決めてたけど……。那花さんが苦しい思いをするなら……俺は黙ってないよ」

　こんなに本気で真剣な千茅くん見たことない。

　ただのクラスメイトだと思って接してたのは、わたしだけで。

　千茅くんの中に、隠されてた想いがあったのにも気づけなかった。

「彼……梵木くんとは付き合ってるの？」

「そ、それは……」

「じゃあ、質問変えていい？　那花さんは、一度でも梵木くんから好きって言われたことある？」

　胸の中に何か重たいものがのしかかった感覚。

　千茅くんに指摘されて胸のモヤモヤが膨れた。

　柚和くんには、一度だって"好き"って言われたことなかった。

　柚和くんとの距離感にドキドキして、勘違いしてたのかもしれない。

　柚和くんの特別な存在になれてるかもって。

　ただ都合のいいように仮で付き合うって提案されただけなのに。

　柚和くんの気持ちを一度だって聞いたことない。

　恋人っぽいことなんて……。

　……っ、ダメだ。

　いろいろ考えたら泣きそうになる。

「……ごめん、泣かせたかったわけじゃないんだ。ただ、梵木くんが中途半端な気持ちで那花さんを振り回してるように見えたから」

「っ……」

「那花さんが幸せなら俺は引き下がるつもりだった。けど……悲しむなら俺は遠慮しないよ」

　真剣な眼差しで、わたしを見つめた直後。

　グッと腕を引かれて、千茅くんのほうに抱き寄せられた。

　耳元に聞こえる千茅くんの心臓の音。

　ドクドク少し速く動いてるのがわかる。

「俺のこと……もっと意識してほしい」

　こんなストレートに想いを伝えてくれるのに。

　その気持ちに応えられなくて、何も返せずにいると。

「……って、無理やりごめん。いきなりこんなこと伝えられても困るよね」

　ハッとした様子で、わたしからゆっくり離れていった。

＊　＊　＊

「咲桜、大丈夫？　朝からずっと体調悪そうだけど」

「ん……ちょっと頭痛い……かな」

　今日は最悪なことに1日中ずっと雨。

　頭痛持ちのわたしにとって雨は大敵……。

　それに柚和くんのことや、千茅くんのことで頭の中はパンク寸前。

　風音ちゃんも朝から心配してくれてる。

「薬はどうしたの？　飲んだほうがいいんじゃない？」

「それが、薬入ってるポーチを家に忘れちゃって」

「あらま。それはどうしようもないね」

　ほんとついてなさすぎる。

「とりあえず、保健室で休んできたら？　寝たら少しはよくなるかもだし」

「あと1時間でお昼休みだから、もう少し辛抱する……」

　──で、無理して失敗した。

　風音ちゃんに言われた通り、無理せず休めばよかった。

　頭痛のひどさが最高潮……。

　大げさかもしれないけど、頭かち割れそう……。

　お昼を食べる元気なんかあるわけもなく、フラフラの足取りで保健室へ。

　思った以上にしんどい……。

　こんなことになるなら、風音ちゃんに付き添ってもらうの断らなきゃよかった……。

　めまいもひどくなって、目の前の景色（けしき）がグルグル回って見える。

　保健室まであとちょっとなのに……。

　視界がグラッと揺れて、思わず壁に手をついた。

　頭ガンガンするし、目を閉じてもめまいがして気持ち悪い……。

　たぶんもう身体が限界……。

　目を開けた瞬間、身体の重心が後ろに倒れて天井が見えた。

　このまま倒れたら頭打っちゃう……。

　でも、もう意識がもたなくて。

　まぶたが重たくなって、意識が飛びそうになる寸前。

　誰かにふわっと抱きとめられた……ような気がして。

　そのぬくもりに安心して、身をあずけたまま……プツリと意識がなくなった。

＊　＊　＊

　目を覚ますと、真っ白の天井が目に映る。

　薄い白いカーテンで仕切られてるここは……保健室のベッドの上……？

　わたしどうやってここまで来たんだっけ……？

　保健室に向かう途中でふらついて、倒れそうになって。

　そこから先の記憶がまったくない。

　まだボヤッとする意識の中で、枕の横に小さなペットボトルが置いてあるのに気づいた。

　これってホットレモンティー……？

　手を伸ばすと、まだほんのりあったかい。

　すると、タイミングよく養護教諭の先生が仕切ってる
カーテンを開けた。

「あら、よかった。目が覚めたのね。体調はどう？」

「あ、だいぶよくなりました」

「そう。それならよかった。まだもう少し休んでいいからね。
無理は禁物よ」

「あの、わたしどうやってここに」

「梵木くんが運んできてくれたのよ。彼ね、あなたのこと
ものすごく心配してて。かなり慌てた様子で、息を切らし
てあなたをここに運んできたの」

　意識が飛ぶ前に、なんとなく感じてた。

　このぬくもりは柚和くんかもしれないって。

「今日雨だから、頭痛がひどくなってるかもしれないって、
あなたの体調をすごく気遣ってくれてね。那花さん無理す
るところがあるからって、きちんと休ませてほしいっておお
願いされてね」

　わたしが頭痛持ちだって、何気ない会話の中でさらっと
話したくらいだったのに。

　そんな些細なことでも、覚えてくれてたの……？

　柚和くんは、わたしが思ってるよりずっと、わたしのこ
とをちゃんと見てくれてた。

　前もそうだった。

　わたしが風邪をひいたとき。

　周りの誰も気づかなかったのに、柚和くんだけは気づい

てくれた。

　些細なことに目を向けてくれる柚和くんの優しさは、いつもあたたかい。

「あと、そのレモンティー。梵木くんが那花さんにって」

　ストレートティーじゃなくて、レモンティーにしてくれたんだ。

　わたしが苦いの得意じゃなくて、甘いの好きだから。

　先生が離れてから、レモンティーを口に流し込んだ瞬間。

「っ……」

　涙がポロッと落ちた。

第 4 章

千茅くんの想い。

「千茅くん、ほんとにごめんね……。わたしの不注意だったのに」

「全然気にしないで。那花さんにケガがなくてよかったよ」

　保健室にて。

　わたしのせいでケガをしてしまった千茅くんの手当てをすることに。

　そもそもなぜこんなことになったのかというと。

＊　＊　＊

　運動場とつながってる渡り廊下を歩いてたとき。

「そこ歩いてる女子!!　危ないから避けて！」

　まさか、"そこ歩いてる女子"が自分だとは思わず。

　気持ちが落ち込んでるときって、ほんとに不運なことが起こる。

「那花さん危ない！」

　今度は名指しで危ないって、千茅くんの声が聞こえた。

　そのときハッとして。

　だけど、気づくのがだいぶ遅すぎたせい。

　わたしのほうめがけて、ものすごいスピードで飛んでくるボール。

　とっさにギュッと目をつぶった瞬間。

　バンッとものすごく痛々しい音が耳に入ってきた。

「ぅ……い、いた……くない……？」

　あれ、なんで痛くないの？

　今すごい音したし、何かにぶつかったのに。

　つぶった目を恐る恐る開けると。

「っ!?　ち、千茅くん!?」

　わたしを覆うように、全身でかばってくれてる。

　じゃあ、ケガをしたのはわたしじゃなくて──。

「いったー……。那花さんケガしてない？」

「千茅くん大丈夫!?」

　さっきの音からしてぜったい痛いだろうし、わたしが
ボーッとしてたせいだ。

「俺は全然平気。ってか、こんなほうにボール飛ばすなよっ
て感じだよね」

「ま、まって、千茅くんぜったいケガしてるよね!?　ご、
ごめんなさい、わたしのせいで」

「これくらい大丈夫だよ」

「だ、大丈夫じゃないよ……！　背中にボールぶつかった
よね……!?」

「頭とかじゃなかったから平気だよ」

「で、でもすぐに保健室行かないと！　わたし手当てする
から……！」

　──という感じで、今に至るわけです。

「ほんとにごめんね。わたしがボーッとしてたせいで」

「那花さん守れてよかったよ」

　急いで保健室に来たけど、養護教諭の先生が運悪くいなかった。

「えっと、ぶつけたの背中だよね」

「うん。さっきより痛みは引いたから大丈夫」

「それはダメだよ！　湿布貼って冷やさないと」

「じゃあ、那花さんが手当してくれる？」

　すると、千茅くんが目の前で着てるセーターを脱いだ。

　それだけじゃなくて、シャツまで脱ごうとしてて。

「ち、千茅くん!?　な、なんで脱いで──」

「背中だから、脱がないと手当できないかなーって」

　はっ……そ、そういうことか。

　いきなり脱ぎだすから何事かと。

　少しシャツを脱いで、わたしに背中が見えるように椅子に座った。

　ボールが当たったところが、真っ赤になってる。

「ぅ……い、痛いよね。ほんとにごめんね」

「さっきから那花さん謝ってばっかりだよ？」

「だって、わたしのせいなのに……」

「ケガしてよかった……なんて言ったら不謹慎かな」

「な、なんで？」

「那花さんと話すきっかけができたから」

　じつは、ここ数日千茅くんとはあまり話せてなかった。

　少し前……千茅くんの想いを知ってから、少し気まずさを感じちゃって。

　いつも通りにできなくなってた。

　教室では顔を合わせるけど、話すきっかけもなく……みたいな感じだったから。

「俺が那花さんにいろいろ伝えすぎたのが悪かったかな。この前はごめんね、悩ますようなこと言っちゃって。俺が今まで通りにしてたらよかったのに」

「ち、千茅くんは、何も悪くない……よ」

　お互いの顔が見えない状態でよかったかもしれない。

　いま千茅くんがどんな表情をしてるか……想像するだけで胸が苦しくなるから。

「あらためて伝えるけど……俺は那花さんが好きだよ。クラスメイトとしてじゃない……ひとりの女の子として那花さんに惹かれてる」

「っ……」

「いつも明るくて元気で、真っすぐで。素直で誰にでも優しいところは、昔から変わってないんだなって」

　昔って……？

　わたしと千茅くんは 2 年生で同じクラスになって、よく話すようになった。

　だから、そんな前から千茅くんのこと——。

「少し前……っていっても、2 年くらい前なんだけど。高校受験の日、俺さ那花さんに助けてもらったんだよ」

「……え？」

「そのときも、こうやって俺のケガの手当てしてくれたの覚えてるかな」

　あっ、たしか……受験の日、ケガした男の子を助けたよ

うな。

　手やおでこを擦りむいてたから、持ってたティッシュと絆創膏で傷の手当てをしたんだっけ。

　けど、そのとき助けた男の子は金髪で、ピアスの数もすごかった気がする。

「助けたのは覚えてるけど……ちょっと見た目が派手な感じの子だったような」

「それ、じつは俺なんだよね」

「え、え……!?」

「驚くよね。俺、中学のころ結構好き勝手やってたからさ」

　今の千茅くんからは想像できないかも。

「那花さんに助けてもらったときのケガは、ケンカしたとかそういうのじゃなくて。フツーに転んで擦り傷になったんだけど、見た目のせいもあって誰も助けてくれなくてさ」

　たしか、そのときの千茅くんは下を向いて地面に座り込んでた。

「そんなとき……偶然通りかかった那花さんが声をかけてくれた」

「ケガしてたし、制服着てたから、わたしと同じ受験生かなって。だとしたら、助けが必要かと思って声をかけたんだけど……」

「それが俺にとってはすごくびっくりでさ。みんな自分のことでいっぱいで、他人を気にかける余裕なんかないのに、那花さんはそんなの気にせず俺に駆け寄ってきてくれた。おまけにケガの処置までしてくれて。そのとき思ったんだ。

那花さんみたいな、人を見た目で判断しない真っすぐな子もいるんだって」

「…………」

「この高校に入ったら、那花さんにまた会えるかもって。だから、受験頑張ろうって思えたんだ」

　高校に入ってからは髪も暗めに染めて、ピアスもひとつだけに。

　1年生の頃は同じクラスになれなくて、なかなか話せるタイミングがなかったみたいで。

「今年同じクラスになったから、少しでも那花さんと話せるきっかけが増えたらいいなって。だから、今こうして那花さんと話せてるのは、大げさかもしれないけど俺にとっては奇跡なのかな。——って、ごめん。俺かなり喋りすぎたね」

　そんな前からずっと、千茅くんが想ってくれてたこと知らなかった。

　それに気づかずに、きっと今までたくさん千茅くんを傷つけてた。

「ご、ごめんね……。わたし千茅くんの想い何も知らなくて……っ」

「那花さんが謝ることじゃないよ。ずっとこのことを伝えずにいたのは俺だし。それに、これは俺の勝手な想いだから。無理に応えようとか思わなくていいからね」

「っ……」

「この前さ、那花さんが悲しい思いするなら遠慮しないっ

て言ったけど。その前に、今は那花さんが自分の気持ちに
気づくほうが大事なのかなって」

「自分の気持ち……？」

「いま自分が誰を想ってるか、はっきりさせること」

　わたしは今、誰を想ってる……？

　パッと浮かんでくるのは──。

「きっと、いま考えてる相手が那花さんにとって大事な人
だと思うよ」

　柚和くんのことしか出てこない。

　今だけじゃない。

　ここ最近だって、ずっとずっと……柚和くんのことばか
り考えてた。

　きっとこれは……。

「相手のこと、どうしようもないくらい考えちゃうのが恋
なんだと思う」

　わたしが柚和くんを好きだから。

　はじまりは柚和くんの秘密を知ったことから。

　いちばん最初、出会ったときは憧れの男の子だった。

　でも、裏の顔を知って、憧れなんてぜんぶ撤回って思っ
てた。

　猫かぶってるし、わたしといるときは口悪いし。

　だけど、一緒にいるうちに柚和くんのいろんな一面が見
れた。

　柚和くんの甘いペースに巻き込まれると逆らえなくて。

　気持ちが読めなくて、何考えてるかわかんない柚和くん

に……気づいたら夢中になってた。

「那花さんには幸せになってほしいからさ」

「っ、ごめんね……千茅くん……っ」

「俺はいま気持ち伝えられて満足だし、すごくスッキリしたよ。だから、今度は那花さんが頑張ってほしいな。それに、謝られるよりも"ありがとう"って言ってもらえるほうがうれしいよ」

　手当てが終わって、シャツをちゃんと直して、わたしのほうを向いた。

「これからもクラスメイトとして、仲良くしてくれたらうれしいな」

「千茅くん……っ、ありがとう……っ」

「こちらこそ、俺の気持ち聞いてくれてありがとう」

　想いに応えることはできなかったけど。

　大切なことに気づかせてもらったから。

　今の想いをぜんぶ……柚和くんに伝えたい。

好きなままでいたい。

　ちゃんと柚和くんに好きだって告白したい。

　……と思って、なんて伝えようか考えた。

　けど、まったく考えがまとまらず。

「ど、どうしよう……ここまで来ちゃった」

　放課後、柚和くんがいるであろう別校舎に来てしまった。

　何も連絡してないし、いきなりすぎたかな。

　でも、伝えるって決めたから。

　部屋の扉がわずかに開いてて、中を覗き込むと。

「柚和くん……？」

「…………」

　返事がないから、いないかと思いきや。

　ソファに横になって寝てる柚和くんを発見。

　そっとソファに近づいた。

　こんなに柚和くんの顔を近くで見るのは、すごく久しぶり。

　思わず見惚れちゃうほど……とってもきれいな寝顔。

　今ここで柚和くんが目を覚ましたら、どうしよう……とか思ってるくせに。

　気づいたら、柚和くんに手を伸ばしてる自分がいて。

　少し触れるくらい……だったのに。

　わたしが触れて数秒……ゆっくり柚和くんの目が開かれた。

「……何してるんですか」

「うぇ……え？」

　まさか、このタイミングで目を覚ましちゃうなんて。

　若干（じゃっかん）驚いて固まる柚和くんと、いきなりのことに焦って固まるわたし。

　お互い視線がぶつかったまま。

「……僕が寝てるときに何してたんですか」

　腕をつかまれて、少し強めの力でグッと引かれた。

「襲われても文句言えないですけど」

　浮き沈みのない声に、なんでか悲しくなった。

　わたしばっかり、柚和くんでいっぱい。

　それがなんでか悔しくて。

「襲われたって、いいもん……」

「……は？」

　好きって伝えたかったのに。

　空回りばかりで、全然うまくいかないのなんで……っ？

「柚和くんになら、何されてもいいの……っ」

　ぜんぶをぶつけるように、ギュッと抱きついた。

　わたしの身体を受け止めてくれたけど、抱きしめ返してはくれない。

　むしろ深いため息をつかれた。

「はぁ……だったら、ひどく乱暴に抱くけどいいの？」

　柚和くんがわたしを組み敷（し）いて、両手首もソファに押し付けられた。

「泣いても嫌がっても……やめない」

「……っ、ん……」

　グッと強く唇が重なった。

　触れるだけの優しいキスじゃない。

　感触が押し付けられて、どんどんキスが深くなっていく。

　好きって言ってくれないのにこんなキス……。

　ただの都合のいい存在なら、いっそ柚和くんに冷たく乱暴にされて、嫌いになれたらいいのに。

　だけど、柚和くんはずるい。

　わたしに触れてくる手が、どこまでも優しいから。

　キスだって、ただ甘くて。

　ぜんぶを包み込まれてるような錯覚に陥ってしまうくらい──すごく大切にされてるような気がするの。

　胸がギュッと押しつぶされそうなくらい苦しい。

　視界が涙でゆらゆら。

「……咲桜先輩」

「っ……」

　やっぱり嫌いになんかなれない……っ。

　頬に添えられた手とか、触れてる唇とか──ぜんぶにドキドキして意識がもっていかれちゃう。

　甘い、熱い、激しい……渦に巻き込まれて、気持ちと感情がグラグラ揺さぶられて。

　抑えてる想いが、ぜんぶ──。

「ぅ……すき……ゆわくんが、すき……っ」

　ぶわっとあふれて、止まんない。

　消えちゃいそうなくらい弱い自分の声。

　きっと柚和くんに届いてない……そう思ったのに。

「……もういっかい」

　柚和くんがボソッとつぶやいて、キスが止まった。

　ほんのわずか、唇が離れた。

　ちょっとでも唇を動かしたら、また触れちゃいそうなくらい近い。

「今の……もういっかい聞かせて」

　なんでそんな求めるような瞳で見てくるの……？

　胸のあたりがくすぐられて、気持ちのブレーキのかけ方わかんないから。

「すき……っ、ゆわくんすき──んんっ」

　好きって言った瞬間、また唇にキスが落ちてきた。

　さっきの強引さはなくて、ふわっと優しく触れるだけ。

　少しして、ゆっくり離れていった。

「俺やっぱり……咲桜先輩じゃなきゃダメみたい」

「……っ？」

　そっと優しく抱きしめられた。

　こんな近くで柚和くんの体温を感じて、これだけでもドキドキしちゃう。

「自分の中で特別な存在を作りたくなかったのに」

「ど、どうして……？」

「いつだって選ばれるのは俺じゃないから」

「……え？」

「今までずっと、自分をいいように見せたかったのは兄の存在があったからで……。自分がどれだけ完璧でも、周り

の目はいつだって兄にしか向かない。悲しさと虚しさから
自分を偽るのが普通になってた」

「…………」

「みんな兄に惹かれていくばかりで。だったら、自分が特
別だと思う人を作らないほうが楽だって気づいて。どうせ
みんな兄しか見てないって──」

「ま、まって……！」

　柚和くんがお兄さんに対して思ってることとか、今まで
抱えてた気持ちをぜんぶ話してくれてよかった。

　でも、それで柚和くんが自分を否定するのは違うと思う。

「わ、わたしは柚和くんしか見てないよ」

　だから、わたしがちゃんと言葉にして伝えないと。

「お兄さんがどれだけ完璧で魅力的な人でも、わたしが好
きになったのは柚和くんだから。お兄さんとは違う──」

　まだ喋ってる途中だったけど。

　再び柚和くんがギュッと抱きしめてきた。

　一瞬見えた柚和くんは、ふわっと軽く笑ってた。

　何か少し吹っ切れたみたいな。

「充分伝わってきた。咲桜先輩にそう思ってもらえるなら、
もうどうでもいい」

「きっと、わたしの他にもそう思ってる人はたくさんいる
と思うよ……？」

「……咲桜先輩だけでいい。そう思えるくらい、俺は咲桜
先輩でいっぱいなんだよ」

　そんな言葉ずるいよ。

　期待しちゃうから。

　柚和くんの気持ちが、ちょっとでもわたしに向いてるんじゃないかって。

「ね、咲桜先輩。……キスしていい？」

「へ……んんっ」

　いいよって言ってないのに。

　わたしの返事を待たずに、唇が重なった。

「ゆ、ゆわく……っ」

　とっさのことすぎて、迫ってくる柚和くんの制服をクシャッとつかむと。

　その手をスッと取られて、指を絡めてつないでくる。

　頭の芯までどんどん溶けそうになるキス。

　甘さに流されて、意識がボーッとしてきた。

　でも、まだ残ってる理性がとっさに機能した。

「ス、ストップ……！！」

「……なんで」

　キスを止められて、めちゃくちゃ不満そうな柚和くん。

　でも、わたしだって、キスだけ許して気持ち聞けないのは嫌だもん。

「ま、まだ柚和くんの気持ち聞いてない……！」

　イジワルな柚和くんのことだから、このまま聞かせてくれない可能性も──。

「……俺も咲桜先輩が好き」

「うぇ……えっ」

　あっさり。

　しかも、めちゃくちゃストレート。

「先輩が言わせたのに、なんでそんな驚いてるの？」

「や、えっと、じゃあ……わたし柚和くんの正式な彼女に
なれたの……っ？」

「俺は最初からそのつもりだったけど」

「さ、最初から!?　で、でも仮だって……」

「咲桜先輩をうまく俺のものにするための口実として？」

「な、なっ……!!　やっぱり柚和くんイジワル——」

「そういう反応する先輩も好きだよ」

「んんっ……」

　もう待てないって、そんな顔をしてまたキスが落ちてきた。

＊　＊　＊

「あ、あの柚和くん？　もうそろそろ——」

「帰らないですよ」

　想いが通じ合って、かれこれずっと柚和くんの腕の中。

　ちょっとでも離れようとすると、引きとめてくるし。

「咲桜先輩に触れるの我慢してたのに」

「うぇぇ……」

　柚和くんストレートすぎる……！

　おかげでわたしの心臓はお祭り騒ぎ。

「ちゃんと家まで送るんで」

「ぅ……でも」

「どうしてもダメ……？」

　くぅ……その可愛い感じずるい……！

　柚和くんに甘えられたら、なんでも許しちゃう気がする。

　なんかこう、甘え方が可愛いというか。

　いちいち心臓に刺さるというか。

「あとちょっと、だけ……だよ」

　結局、可愛さに負けて許してしまう。

　初っ端からこんな感じで、わたしの心臓もつか心配。

　というか、さっき柚和くんが伝えてくれたことほんとなのかな。

「あの、柚和くん？」

「ん……なんですか？」

「わ、わたしのこと好きって、ほんと？」

　気になりだしたら、聞かずにはいられない。

「嘘って言ったらどうする？」

「うぅ……そんなイジワル言われたら泣いちゃうよ……」

「咲桜先輩は反応がいちいち可愛いから」

「からかわないでよぉ……」

「そういうところもぜんぶ好き」

「ほ、ほんとにほんと？」

　いまだに柚和くんが、わたしを好きって信じられなくて。

　何度も聞いちゃうの許してほしい。

「ほんとですよ。いつも咲桜先輩のこと考えてるし。気づいたら僕のほうがこんな夢中になってるのに」

　チュッと軽く触れるだけのキスを落として。

「僕の心をこんなかき乱せるのは……咲桜先輩だけ」

「っ……」

　柚和くんは、わたしが想像してる以上に甘い言葉をくれるから。

　心臓がギュンギュンしてる。

「ってか、僕めちゃくちゃ妬いてたんですけど」

「え？」

「咲桜先輩と同じクラスの萩野先輩、ぜったい咲桜先輩のこと好きですよね」

「う、や……えっと」

「あの人わかりやすいくらい咲桜先輩だけ特別扱いしてるし」

「ち、千茅くんのことは、ちゃんと断った……よ」

「へぇ……じゃあ、咲桜先輩が好きなのは俺だけ？」

「う、うん」

「じゃあ、もっと俺に好きって伝えて」

「へ……な、なんで」

「咲桜先輩からの愛が足りないから」

「っ!?」

「ねぇ、ほら言って咲桜先輩」

　甘えるのも、ねだるのも上手。

　それに、わたしはやっぱり柚和くんには弱いみたいで。

「す、すき……」

「もっと」

「ぅ……すき、柚和くんがすき……っ」

「もっとたくさん」

「すき……だいすきだよ、柚和くん……っ」

　これで許してもらえないと、わたしドキドキしすぎて倒れる気がする……！

　顔からプシューッて音が出そうなくらい。

「ほんとはもっと言ってほしいけど」

「うぅ、なんかわたしばっかり言うのずるくない……っ？」

　もう限界。

　柚和くんの胸をポカポカ叩くと。

「じゃあ、お返しに……咲桜先輩が好き」

「へ……？」

「好きすぎて、どうにかなりそうなくらい」

「っ!?」

「俺のことでもっといっぱいにしたくなるくらい——だいすき」

「ま、まままって……！　もう心臓もたない……！」

　伝えるのも心臓ドキドキしすぎて、顔真っ赤になっちゃうけど。

　伝えられるのも、恥ずかしくて心臓がギュッてなるし耐えられない……っ！

「言わせたの先輩なのに」

「も、もう充分……！」

「これからもっと伝えるんで。彼女として覚悟してくださいね」

　こうして、柚和くんの正式な彼女になることができました。

彼女の役目とは。

「ついに梵木くんと付き合うことになったんだ？　よかったねぇ」

「うぅ、風音ちゃん相談に乗ってくれたりしてほんとにありがとう……！」

「いいえー。いろいろあったけど、ちゃんと気持ち伝えて、これで晴れて梵木くんの彼女ってわけだ？」

「それが、まだ彼女になった実感があんまりなくて」

「まあ、そのうち実感わいてくるんじゃない？　咲桜に彼氏かー。めでたいことだねぇ」

「柚和くんかっこいいし、モテるし……。すぐに飽きられたりしないかな!?」

「今それ考えてどうするの。——って、噂をすれば」

　風音ちゃんがニヤニヤしながら、廊下のほうを指さしてる。

　何気なくそっちを見ると。

「咲桜せんぱーい」

「っ!?　なんで柚和くんがここに!?」

「向こうから会いに来てくれるなんて、よかったじゃん。飽きられる心配なんてしなくていいでしょ」

「ちょ、ちょっといってくるね！」

「はいはーい」

　他学年のクラスだっていうのに、柚和くんはすでに注目の的。

　そりゃそっか。

　学園で柚和くんのこと知らない人って、ほとんどいないらしいし。

　そんな男の子がわたしの彼氏なんて。

　うっ、ダメだ……にやけそう。

　学年が違うから、校内ではなかなか会えないし。

　だから、こうして会いに来てくれたのがすごくうれしい。

　にやけないように、ここは自然に――。

「はぁ……やっと咲桜先輩の顔見れた」

「へ……きゃっ」

　そばに駆け寄った瞬間、あっという間に柚和くんの腕の中へ。

　一瞬のことすぎて、思わず固まってると。

　周りから「キャー!!」って、悲鳴のような叫び声が教室中に響き渡った。

「ゆ、柚和くん!?　みんな見てるよ!?」

　こんな堂々と抱きしめてくるなんて、どうしたの!?

「なんで咲桜先輩と学年違うんだろ」

「え、え!?　わたしの声聞こえてる!?」

「すぐ会いたくなるからどうしたらいい?」

「っ!?」

　柚和くん急に自重しなくなった!?

　というか、人が変わったみたいじゃない!?

「あの、柚和くん!　周りの目がすごいことに――」

「んー……咲桜先輩は俺に会いたくなかった?」

「そ、そうじゃないけど！　会えてすごくうれしいけど！」

　それよりも、クラスメイトからの視線とか話し声のほうが気になるから！

「梵木くん、咲桜ちゃんと付き合ってなんか変わったよね」

「たしかに！　あんな甘々な一面あったなんてギャップ萌えすぎる！」

　あぁ、ほら女の子たちが早速話してるよ……！

「じゃあ、このまま俺の好きにしていい？」

「わわっ、まってまって！」

　か、顔近い……！

　このままだとほんとにまずい……！！

　──という感じで、柚和くんが止まらないので。

　教室から逃げるように柚和くんを連れ出した。

　向かった先はもちろん別校舎。

　部屋に入った途端、柚和くんがギュッてしてきた。

「な、なんか柚和くん甘えん坊になってる？」

「甘えるのダメ？」

　うぅ……今のめちゃくちゃ可愛い……！

　甘え方が心臓に悪いんだよぉ……。

「わたしの心臓がドキドキ爆発してる……」

　ひょいっと抱き上げられてソファのほうへ。

　柚和くんの上に乗せられて、そのままむぎゅっと抱きつかれた。

「ほんとだ。咲桜先輩の心臓の音すごい」

「うぅ……そこに顔埋めないで……っ」

「いいじゃん、俺先輩の彼氏だし」

「だ、だからって……」

「俺やわらかいの好き」

「い、今の発言問題あり……っ！」

「どこが？」

　なんて言いながら、もっとむぎゅってしてくる。

「俺、好きな人にはめちゃくちゃ甘えたいのかも」

「ぅ、や……わ、わかったから……」

　こんなの心臓いくつあっても足りない……っ！

「先輩、俺の彼女って自覚ある？」

「あ、ある……」

「これくらいで慌ててたら俺の相手できないよ」

「なっ、なぅ……」

「俺のこと甘やかしてくれないと」

　片方の口角をあげて、愉しそうに笑ってる。

　柚和くんが、この笑い方をするときはたぶん危険。

　だってもう、柚和くんの指先が誘うようにわたしの唇に触れてるから。

　あとね、前からずっとそうだけど危険な柚和くんは敬語が取れて、主語も“俺”になるの。

「もちろん、先輩のことも可愛がってあげる」

　さっきまでの可愛い柚和くんはどこへやら。

　お互いの息がかかるくらいの距離でピタッと止めて。

「唇……触れそうで触れないのいいね」

「……ぅ、少しあたってる……っ」

　唇をちょっと動かすと、少し擦（こす）れる程度に触れ合ってる。

「咲桜先輩がわざとそうしてるんじゃなくて？」

「し、してな……んんっ」

　いきなりグッと引き寄せられて、さっきよりもちゃんと感触が残るキス。

　じわっと柚和くんの熱が伝わってくる。

　少ししたら、ゆっくり唇を離した。

「咲桜先輩の唇やわらかい」

「っ、喋るの……ダメ」

「どうして？」

「唇が、あたるの……むりっ」

　今ちょっとの間、触れてただけ。

　キスだってドキドキして慣れないのに。

　物足りないって思っちゃうわたし変かもしれない……。

「これだけじゃ足りない？」

「な、んで……」

「欲しいって顔してるの……可愛い」

　うぅ……どうしてバレちゃうの。

　手で顔を隠そうとしても、その手を柚和くんに取られちゃう。

「可愛い先輩もっと俺だけに見せて」

「う、や……見ちゃ……ぅ」

　両頬を包まれて、もう一度唇が重なった。

「……俺も先輩とキスするの好き」

「ん……ぅ」

　喋ると唇が微かに動いて、それがくすぐったい。

「ゆわく……ん」

　指先に入る力をどこかに逃がしたくて、柚和くんの制服をキュッとつかんじゃう。

「……なーに、先輩」

「んんっ……」

　わたしが喋ろうとすると、うまく唇を塞いでくるの。

　甘さでどんどん痺れてふわふわしてくる。

「先輩、口あけて。もっとキスできない」

「ふっ……ぁ」

　唇が触れたまま、ほんのわずか口をあけると。

　口の中にスッと熱が入り込んできた。

「きもちいいキスしかしないから」

　唇に触れる熱とはまた違って、口の中で熱が暴れてかき乱してくる。

「うぁ……や」

　こんな甘いキス知らない……っ。

　触れるだけのキスより甘くて熱くて痺れるの。

「ゆわくん……っ」

「……ん？」

「もう、苦しい……っ」

　頭に酸素が回らなくて、ボーッとする。

　身体にも力が入らなくて、どうしたらいいかわかんなくなる……っ。

「俺はまだ足りないって言ったら？」

「ぅ、や……もう」

「俺を満足させられるの咲桜先輩だけなのに」

「っ……」

「だからもっと……甘いのちょうだい」

「んっ……」

　キスで甘く溶かしながら、器用な指先が制服のリボンを
ほどいちゃう。

　ブラウスで隠れてた肌が少し露わになって。

　唇に落ちてたキスが、今度は首筋や鎖骨に落ちてきた。

「ゆわ、く……ん、首は……っ」

「唇より反応してるの可愛いね」

「くすぐったい……の」

「ほんとにそれだけ？　きもちいいからじゃなくて？」

「うぁ……っ」

　肌を強く吸われると、身体が勝手に反応しちゃう。

　それに熱い舌で肌をなぞられるのも弱くて。

　腰のあたりが動いてゾクゾクする。

「先輩の身体ってほんと素直」

「っ……ストップ、ゆわくん」

　少しはだけたブラウスを引っ張って、中に指が入ってこ
ようとしてる。

「く、首より下は、まだダメ……っ」

「痕残すのも？」

「い、今は首だけにして……っ」

「じゃあ、俺が満足するまで付き合って」

　こんな調子で彼女がつとまるのかな。

＊　＊　＊

　柚和くんと付き合い始めて浮かれすぎてた。
「うぅ……なんでテストは定期的にやってくるのぉ……」
「定期テストだからですよ」
「柚和くん余裕そう……」
　そう、もうすぐやってくるのが定期テスト。
　気づけば11月中旬。
　今日は勉強を教えてもらうために、柚和くんのおうちに
お邪魔してる。
　そういえば、前もこんな感じだったよね。
　もはや先輩と後輩の立場なんて、ないようなものじゃ？
「ってか、勉強するのにこの体勢の意味は!?」
「だって、俺は勉強しないし」
「わたしは勉強しなきゃなんだけど……！」
「じゃあ集中して」
　そう言われても……！
　隣に座ってる柚和くんと距離が近いし。
　なんならわたしの肩に手を置いて、横から抱きしめてき
てるし。
「これじゃ集中できない、むりぃ……」
「俺も咲桜先輩とふたりなのに、触れられないとか無理な
んだけど」

「勉強教えてくれるって約束したのに」

「だから教えてるじゃん」

「うぬ……そうなんだけど……！」

　正直、この近さで教えてもらっても、ほとんど頭に入ってこない……！

　こんな状態で勉強できるほど、わたしの集中力は優秀じゃないの……！

「ほら先輩、そこまた間違えてるよ」

「むぅ……」

　ほっぺをむにゅってされた。

　こんな常に柚和くんに触れられてる状況で、勉強なんて手につくわけもなく。

　それに、ふたりのときの柚和くんはイジワルだから。

「咲桜先輩、ちゃんと問題読んでる？」

「っ……なんで、耳元で喋るの……っ」

「こっちのほうが集中できるかなって」

「う、嘘だぁ……」

「あと……俺が愉しいから」

　このままだと柚和くんのペースに流されちゃう。

　なんとか問題に意識を向けるんだけど。

「ゆ、柚和くん……勉強……っ」

「わかってるよ。咲桜先輩こそ、早く問題解かないと俺が教えてあげられないよ」

　とにかく集中力を奪うような触れ方で、甘いほうに誘い込んでくる。

「ぅ……柚和くんが邪魔してる……っ」

「してないよ。俺はただ手が空いててつまんないから」

　頬とか唇とかに指先を押し付けてきて。

　首筋のラインをなぞってきたり……触れ方がぜんぶずるい。

　しかも、絶妙な力加減だから。

「まだ勉強する？」

「……っ、する」

「指先にほとんど力入ってないのに？」

「ゆわくんが……っ」

「俺がどうしたの？」

「ぅ……」

「その可愛い口塞ぎたくなる」

「ふへ……んんっ」

　柚和くんのほうを向かされて、簡単に唇が重なる。

「ゆわ、く……ぅ」

「可愛い……。俺もずっと咲桜先輩にキスしたかった」

　ジンッと痺れて、ぶわっと広がる熱。

　キスに溶かされて、指先の力がぜんぶ抜けきって。

　握ってたシャープペンが、テーブルに落ちた。

＊　＊　＊

「つ、疲れたぁ……」

　あれから柚和くんの邪魔が入りながらも、なんとか今日

の範囲までは終了。

　今、柚和くんがココアを作ってきてくれてる。

　勉強頑張った分、糖分は必須だよね。

　それにしても、普段やらないことやると疲れちゃう。

「少しベッドで横になってもいいかな」

　柚和くんがいないのをいいことに、ベッドにダイブ。

　ふかふかでやわらかい。

「柚和くんの甘い匂いがする」

　いつも柚和くんに抱きしめられてるときと同じ。

　今こうしてるだけで、柚和くんに包まれてるみたい。

　思わずベッドのシーツに顔を埋めちゃう。

「うぅ、好き……っ」

「何が好きなの？」

「柚和くんの甘い匂いが……んえ？」

「へぇ……それで俺のベッドに入っちゃったの？」

　あれ、あれれ。

　今までわたしひとりだったよね？

　なんで柚和くんの声が？

　驚いてベッドから起き上がろうとしたら。

「ってか、咲桜先輩それ誘ってる？」

「ふへ……っ」

　わたしの全身を覆うように、柚和くんが後ろからギュッ

てしてきた。

「男の部屋でベッドに入るって、危機感なさすぎ」

「こ、これは疲れたから休憩したくて」

　ベッドから身体を起こしたいのに、柚和くんが上にいるから動けない。

「だからって、そんな無防備なのダメでしょ」

「ぅ……ひゃっ」

「俺も男なのに」

　後ろから覆われたまま、柚和くんの手がわたしのスカートに軽く触れて。

「スカート捲れてたし」

「っ、まって……そこは、ぅ」

　手がうまく入り込んで、ほんとに軽くなぞるように太ももに触れてる。

　その手が今度はお腹のあたりに入り込んで。

　器用にブラウスのボタンを外していっちゃう。

「ゆ、ゆわくん……ダメ……っ」

「何が？」

「手、抜いて……ひぁ」

　肌に直接触れて、その手がどんどん上にあがってる。

　それに、背中にもキスされて身体が熱くなるのはほんとに一瞬。

「いつかここ……痕残したい」

　指先で胸のあたりに軽く触れて、その間も首筋に落ちるキスは止まってくれない。

「ゆわ、くん……っ」

「そうやって可愛く名前呼ぶの、余計煽ってるのに」

「もう、むり……っ」

　ほんとに、もうこれ以上はどうしたらいいかわかんない
から。
　止まってくれなきゃ困るのに。
　柚和くんはずるいの──。
「好きだから許して、先輩」
「っ……」
「もっとしたくなるから……ダメ？」
　攻めるときと、甘えるときの駆け引き。
　どれもわたしが弱いってわかってるから。
「この体勢だと先輩にキスできないの寂しい」
「ぅ、もうキスは……っ」
「……こっち向いて咲桜先輩」
「ん……んんっ」
　彼氏になった柚和くんは、甘すぎて危険すぎて止められ
ない。

甘い彼氏に心臓もちません。

今日は定期的に回ってくる風紀委員の当番の日。

朝いつもより早く登校しなきゃいけないんだけど。

「咲桜先輩、おはようございます」

「あっ、柚和くんおはよう」

冬の朝は寒いし、当番は憂うつだけど。

柚和くんが迎えに来てくれるおかげで、そんなのぜんぶ吹き飛んじゃう。

「寒いのにごめんね……！」

「僕が咲桜先輩に早く会いたいから」

ぬぅ……今ので一気に体温あがった……。

肌に触れる空気は冷たいのに、身体の内側はポカポカ熱い。

ドキドキするし、顔が火照ってくる。

自分の頬に両手をあてて、ギュッと目をつぶったら。

唇にふにっとやわらかい感触が。

パッと目をあけると、柚和くんの整った顔が間近に。

「……っ!?」

目をぱちくりさせるわたしと、目を細めて笑ってる柚和くん。

「顔真っ赤なの可愛いなって」

「ぅ、あ、うぅ……ここ外なのに……！」

不意打ちのキスは心臓に悪すぎる……。

「先輩が可愛い反応するから」

「な、なっ……」

「その可愛さ、僕にしか見せちゃダメですよ」

　柚和くんのストレートな言葉が、わたしの心臓にグサグサ刺さる。

　……っていうのに。

「わっ、え！」

　手までつないでくるから、動揺しないわけなくて。

　心臓がドキドキ……。

「手つなぐの？」

「彼女と手つなぐのダメなんですか？」

「うや、そうじゃない……んだけど！」

　くぅ……柚和くんいろいろ手慣れてる。

「あと、咲桜先輩はこっち側歩いてください。車道のほう危ないんで」

　ほら、こういうこともできちゃう。

　一緒に歩いてるときも、ぜったいわたしのペースに合わせてくれる。

　なんだかんだ優しくて一途で。

　こんな素敵な子が、わたしの彼氏なんていまだに夢みたい。

　電車に乗ってるときだって。

「咲桜先輩、苦しくないですか？」

「う、うん。柚和くんが守ってくれてるから」

　電車内は相変わらず混雑してるけど、柚和くんがうまく

スペースを作ってくれるから。

　わたしは人に埋もれずにすんでる。

「柚和くんは大丈夫？　無理してない？」

「んー……少し苦しいかも」

「え、じゃあ、もうちょっとわたしのほうに……きゃっ」

　急に柚和くんにガバッと抱きつかれてびっくり。

　ってか、ここ電車の中なのに……！

「ちょっ、ちょ……柚和くん！」

「咲桜先輩っていつも甘い匂いする」

「く、首元やめて……っ」

　抱きついたまま、首元に顔を埋められてくすぐったい。

「これ不可抗力なのに？」

「だ、だからって抱きつくのは……！」

「俺以外の男がするのは論外だけど」

　うぬ……引き離そうとしてもびくともしない。

　ここ電車の中で人いっぱいいるのに……！

「俺は咲桜先輩の彼氏だからいいよね？」

「ば、場所わきまえないとダメだよ」

　これ正論だと思う。

「だからこれ不可抗力だし」

「うぅ、もっと抱きついてきてるじゃん……！」

　もはや、人混みっていうのを利用して、こういうことし
てきてない……!?

「満員電車も咲桜先輩と一緒ならいいね」

「ど、どさくさに紛れて、いろいろするの禁止……！」

朝からわたしの心臓はフル稼働。

　　　＊　＊　＊

「風音ちゃん大変だよ！」

「何がー？」

「わたしの心臓が!!」

「また梵木くんのことか。幸せそうで何よりだねぇ」

　やれやれと呆れ気味の風音ちゃん。

「風音ちゃん冷たくない!?」

「えー、そう？」

「スマホなんかいじっちゃって！　わたしの心臓ドキドキ問題について解決策を……！」

「咲桜が梵木くんとラブラブってことでしょ？　なんだかんだうまくいってるみたいだし、咲桜も楽しそうじゃん」

「楽しいけど！　柚和くん普段しっかりしてるし、かっこいいんだけどね！　たまに甘えてくるのが心臓に悪くて、うぅ……」

「すっかり年下彼氏の沼にはまってるねぇ」

「ぬ、沼!?」

「まあ、年下彼氏って可愛いもんだよね。同い年とか年上にはないものがあるっていうかさ」

「風音ちゃん年下と付き合ったこと──」

「ないけど」

　いや、今の話し方的にあるみたいな感じだったじゃん！

「まあ、咲桜が楽しいならいいことだよ。あ、でも梵木く
んモテるだろうから、彼女としてはいろいろ苦労するだろ
うねぇ」

　この風音ちゃんの言葉が、まさしく的中することになる。

＊　＊　＊

　──放課後。

　委員会のことで先生に呼ばれたから職員室へ。

　用事をすませて帰ろうとしたら、何やらグラウンドのほ
うが騒がしい。

　やたら女の子の声ばかり聞こえる。

　気になってグラウンドへ行ってみると。

「っ!?」

　んんん!?　あれ柚和くんじゃない!?

　サッカー部に紛れて試合に出てる?

　まさか女の子たちが騒がしいのは──。

「梵木くんが助っ人で試合出るって聞いたから、来てみて
正解だったね〜」

「みんな梵木くん目当てだよねっ」

「梵木くんってスポーツもできるとか、ほんと完璧すぎて
まぶしい〜！」

　ここにいる子のほとんどが柚和くん目当てだ。

　女の子みんな目をキラキラさせて、柚和くんを見てる。

　そりゃ、柚和くんかっこいいのわかるけど！

　これだけ女の子たちを夢中にさせる、恐るべし柚和くんパワー……。

　って、こんなこと考えてる場合じゃなくて！

　そもそも柚和くんが助っ人で試合出るなんて、知らなかった。

　女の子がみんな柚和くんを見ていて……ちょっとモヤモヤする。

　風音ちゃんの言う通り。

　モテる人の彼女っていろいろ大変だ。

　今日はひとりで帰ろうかな……。

　柚和くんからも連絡来てなかったし。

　グラウンドから背を向けようとしたら、一瞬柚和くんと目が合ったような。

　わたしの勘違いかな。

　……と思ったら、柚和くんがグラウンドから出てきた。

「咲桜先輩」

「えっ！」

「なんでそんな驚いてるんですか」

「いや、だって、わたしのこと気づいてないと思って」

　グラウンドから少し離れた場所にいたのに。

　それに女の子もたくさんいて、ぜったい気づいてもらえないと思ってた。

「咲桜先輩ならすぐ気づきますよ」

　そんな言い方ずるい……。

「え、えっと、試合いいの？」

「あー、別にいいですよ。僕ただの助っ人ですし」

「あんな活躍してたのに。それに、試合出るの知らなかった」

「さっきメッセージ入れましたよ」

「うっ……あ、ほんとだ。気づかなかった」

　慌ててスマホを確認したら、たしかに届いてた。

「咲桜先輩と一緒に帰りたいんで、試合抜けてきますね」

「え、え!?　そんなことしていいの?」

「だって先輩待たせるの悪いし。試合もう終わりなんで」

「いやいや、あれだったら待ってるよ!」

「んー……咲桜先輩ひとりにするの嫌なんで」

　わたしの頭を軽くポンポンして、グラウンドへ戻って
いった柚和くん。

　そしてしばらくしてこっちにやってきた。

「ほ、ほんとに抜けて大丈夫なの?」

「まあ、僕サッカー部のメンバーじゃないですし」

「そ、そっか」

「汗かいたんで、いったん着替えてきていいですか?」

　こうしていつもの別校舎の部屋へ。

　えっと、柚和くん着替えるから、わたしは外で待ってる
ほうがいいよね?

「……って、わわっ!　柚和くん何してるの!?」

「何って着替えですけど」

「わたしいるんだけど!?」

「別にいいじゃないですか」

「よ、よくない!　わたしいったん部屋から出て──」

　バサッて何か落ちた音が。

　え、今の……。

「っ!?　わっ、なんで脱いじゃうの……!?」

「早く着替えたいし」

「だ、だからっ、わたしが部屋を出るまで……ひゃ」

　背後に柚和くんの気配。

　わたしの身体を覆うように、逃がさないように壁に手を
ついてる。

「ね、咲桜先輩。こっち向いて」

「ぅ……むり……っ」

「なんで?」

「め、目のやり場に困る……の」

「ふっ……可愛いから困らせたくなる」

「ふぇ……わっ」

　身体がくるっと回転。

　……したら、目の前に上半身裸の柚和くんが。

「あわわ……っ、ぅ」

　まって、まって。

　男の子の裸なんて見慣れてなさすぎて、どうしたらいい
の……!

「咲桜先輩」

「うにゃ……ぅ」

「なんで俺のほう見てくれないの?」

「うぅ、むりなの……!　早く服着て!」

「んー……じゃあ、先輩が着替えさせて」

「ふへ……っ？」

「じゃないと俺風邪ひいちゃうよ」

　こ、こんな甘え方ずるい……！

　柚和くんに甘えられたら断れるわけもなく。

　着替えを手伝うことになった……けど。

「ねー、咲桜先輩。それじゃキスしにくい」

「ぅ……んんっ」

「唇もっと」

「ん……っ」

　柚和くんがキスで邪魔してくる。

　だから、着替えが全然進まない。

「ゆわ、くん……っ。じっとして……っ」

「してるよ。ただ唇寂しいから」

「キスは……んぅ」

「ほら、また手止まってる」

「ん……ふっ……」

「……可愛い」

　シャツのボタンに指をかけたまま。

　キスに邪魔されて、全然ボタンが留められない。

「ぅ……やっ、ん」

「唇ずらしちゃダメ」

「んんっ」

　ちょっとでも唇を外そうとすると、柚和くんが阻止して
くる。

「先輩の甘い声聞いてたら、もっとしたくなる」

「っ……ふぁ、ん」

「ね……先輩も応えて」

　少しあいた口から熱が入ってきて、深くて甘いキスにクラクラ。

　唇に触れる熱も、口の中にある熱も、ぜんぶがかき乱してくる……っ。

「ゆわ……く……ん」

　ないに等しい力で、迫ってくる柚和くんを押し返すと。

　唇をペロッと舐めながら。

「キスしてるときの咲桜先輩ほんと可愛い……可愛すぎる」

　またキスしてこようとするから、指でブロック。

「これじゃキスできない」

「もうしなくていいよ……っ」

「唇ダメなら……じゃあ、ここにしようかな」

　柚和くんの目線が少し下に落ちて。

　わたしの制服のリボンに指をかけてほどいた。

　そのままブラウスのボタンを器用に外してる。

「な、なんでブラウス脱がすの……っ」

「んー……だって先輩が唇にキスさせてくれないから」

「だ、だからって……」

「ほら、先輩も指止まってる。俺の着替え終わるまでやめないよ」

　フッと笑った柚和くんは、悪い顔してる。

　完全に柚和くんのやりたい放題で、ここまでくるともう止められなくて。

「咲桜先輩さっきから身体すごく反応してる」

「っ……ぅ、もう首やめて……」

「唇じゃなくてもきもちいいんだ？」

　首筋から鎖骨のあたりに、ずっとキスが落ちてくる。

　唇を押し付けてきたり、舌で軽く舐めてきたり。

　甘く噛まれて、チクッとした痛みもある。

「うぅ……邪魔ばっかりする……っ」

「早くしないと……真っ赤な痕たくさん残っちゃうよ」

　あとちょっと。

　もう少しでシャツのボタンがぜんぶ留められそう。

　……なのに。

「っ……！　ま、まって……そこ噛むのダメ」

「だって先輩の肌見たらぜんぶキスしたくなる」

「く、首より下はダメ……っ」

　これ以上、柚和くんが暴走するのは危険すぎる。

　柚和くんに邪魔されながら、やっとぜんぶのボタンを留めることができた。

「は、はいっ。着替え終わったから、もう触るのダメ」

「キスもダメなの？」

「さっきいっぱいしたのに……っ」

「あれだけじゃ足りないって言ったら？」

「柚和くんのキャパおかしい……」

「だって先輩が可愛い声で煽るから」

　こ、これは今にも危険なスイッチが入りそう……。

　なんとしても止めなくては！

「ま、まって柚和くん！　もう帰らないと！」

「……じゃあ、また今度続きしよ」

「つ、続きって」

「俺まだ全然満足してないから」

「っ……！」

　甘い甘い柚和くんに翻弄^{ほんろう}されっぱなしのまま。

　帰って鏡を見たら。

「うわ……痕残しすぎ……！」

　首元に真っ赤な痕がいくつも残ってて。

　翌日から隠すのにとっても苦労したのでした。

☆
☆
☆
☆

第 5 章

とびきり甘いキス。

「わぁぁぁ、キャンディがたくさんある！」

　放課後、柚和くんに呼ばれていつもの部屋に行ってみると、テーブルの上にたくさんのキャンディが。

　透明の少し大きめの丸い瓶にいっぱい入ってる。

「テスト頑張ったごほうびです」

「えぇ、いいの!?」

　どれにしようかな。

　山ほどあるキャンディの中から選ぼうとしたら、柚和くんが透明の瓶をひょいっと取り上げた。

　あ、あれ？

　頑張ったごほうびにくれるんじゃないの？

「まさかただ食べるだけなんて、つまんないこと考えてないですよね？」

　つ、つまんない？

　キャンディ食べるだけなのに？

　いや、ちょっとまって。

　柚和くんの笑い方が、何か企んでるようにしか見えない！

「どのキャンディがいい？」

「笑顔が怪しいよ!?」

「どこが？　ってか、それなかなか失礼じゃん」

「うぬ……まさかキャンディに何か仕掛けが……」

「ないよ。ほら早く選んで」

　カラフルな可愛い包装をしたキャンディたち。

　味もいっぱいあるから迷う……。

「じゃ、じゃあ、このラズベリーのやつ！」

　いちばん食べたいやつ選んだのに。

「え、なんで柚和くんが食べるの!?」

　ラズベリーのキャンディが、柚和くんの口に運ばれていくではないですか。

　えぇ！　そういう新手の嫌がらせ!?

　わたしに好きなの選ばせておいて、食べさせない的な!?

「ちゃんとあげるよ」

　いつもキスするみたいに、柚和くんの顔が近づいてきた。

「ちょっと口あけて」

「ん……んっ」

　言われるがまま、ほんの少し口をあけるといつものキスより甘い。

　ふわっと鼻をくすぐるラズベリーの香り。

　キスの最中に漏れる吐息から、ほんのり甘い匂いがする。

「いつものキスより甘いね」

「ぅ……んっ……」

　キスが深くなると、ラズベリーの匂いが広がっていく。

　唇に触れる熱に夢中になってると。

「もう少し……口あけて」

「んん……」

　じっくり溶かすように、ゆっくり舌が入り込んできて。

　身体の熱が一気にあがっていく。

「ちゃんと先輩が欲しいのあげる」

　キスとキャンディの甘さが混ざり合って、口の中でラズベリーの味がぶわっと強くなった。

「ん……ちゃんとあげたよ」

「っ……？」

　唇を軽く吸って、チュッと音を残して離れていった。

「甘いでしょ？」

　柚和くんが舌でペロッと自分の唇を舐めてる。

　唇が離れた今も、口の中いっぱいにラズベリーが広がってる。

「ちゃんとあげるって言ったじゃん」

「ふぁ……!?」

　口の中にコロンと転がるキャンディ。

　こ、これまさか……！

「甘いの満足した？」

「うぅぅ……普通に食べさせてよぉ……！」

「それだと俺が愉しくないじゃん」

　にこっと笑って、キャンディが入った瓶をこっちに見せてくる。

「甘くてもっと食べたくなるでしょ？」

「ぅ……食べたい、けど」

　かなりサイズが小さいキャンディだから、すぐ溶けちゃう。

「じゃあ、もういっかいする？」

「し、しなぁい！」

　柚和くんがキスしたいだけじゃん！

　そうはさせないんだから！

　今度こそ、イジワルされないようにしないと！

　……なんて考えてたんだけど。

「このキャンディで愉しいことしようかなぁ」

「ま、まだするの!?」

　いまだにキャンディが入った瓶は柚和くんの手元に。

「まだって、別に何もしてないのに？」

「今したじゃん！」

「ただキスしただけだよ」

「ぅ……あ、あれは……っ！」

　口にするの恥ずかしすぎる……！

　それを柚和くんもわかってて、愉しそうに笑ってる。

　手に持ってる瓶を軽く振って、中のキャンディを見ながら。

「俺レモンのキャンディ好き」

「じゃあ、レモンは柚和くんに譲る！」

「いいよ、咲桜先輩にあげる。はい、あーん」

「んむっ」

　あっという間に口の中にレモンのキャンディが。

　ほんのり酸っぱくて、ちょっとだけ甘い。

「それひとつしかないから」

「え!?　じゃあ、なんでわたしに食べさせちゃったの!?」

　柚和くんが愉しそうなのは変わらず。

　にこっと笑ったまま、わたしをソファに押し倒した。

「咲桜先輩がそれ俺にちょうだい」

「は、は……い？」

　え、どうやってあげたら——はっ、まさか。

　すぐさま指でバッテンを作って唇をガード。

「これじゃキスできないんだけど」

「し、しない！」

「えー、なんで？」

　バッテンを作った指の上に、チュッてキスして。

　指を軽く舐めたりされて、手を引っ込めちゃいそう。

　うっ……このままだと、またキスされちゃう。

「ねぇ、咲桜先輩。手が邪魔」

「や……ぅ、だってさっきみたいにするんでしょ……っ？」

「わかってるなら、早く先輩の唇ちょうだい」

「なぅ……や、ぅ……ん」

　ガードしてた手なんか、あっさりどけられて。

　顎をクイッとつかまれたまま、キスから逃がしてもらえ
ない。

「ね……先輩。そんな唇ギュッてしないで」

「ふっ……ん」

　キスしてるときに漏れる吐息から、ほんのりレモンの匂
いがする。

　いろんな甘さが混ざって、感覚が麻痺してくる。

　……のに、柚和くんは手加減してくれない。

「さっきみたいに甘いのしよ……」

「っ……！」

　唇を軽くペロッと舐められたせいで、キュッと結んでた口元がゆるんじゃった。

　またさっきと同じ、熱がグッと入ってくる。

　このキスされると、腰のあたりがピリッとして何も考えられなくなる……っ。

　唇が塞がれたまま、息を吸おうとしてもうまく入り込んでこない。

「はぁ……あま」

「ふ……ぁ、ぅ」

「先輩の唇いつもよりもっと甘いね」

　舌の上で転がるキャンディが、さらっと奪われて。

　最後に軽くキスして離れていった。

「ごちそうさまでした」

「っ……、うぅ……もうっ……」

　柚和くんは、それはもう満足そうに笑ってて。

　口の中にほんのりレモンの味が残ってるだけ。

「これ愉しいね」

「こんな恥ずかしいの、もうできない……っ！」

　唇をムッととがらせて、キリッと睨んでみた。

「えー、それ可愛くて逆効果だよ」

「な、なっ……」

　柚和くんの人差し指が、トンッとわたしの唇に触れた。

「俺はまだ足りないのに」

「ん……」

　人差し指が触れたまま。

　少し強く押したり、ふにふにしたり。

「先輩もしたくなってきた？」

「ぅ……」

　口をこじあけて、指が入り込んでこようとしてる。

　下唇をギュッと噛んで、少しだけ顎を引くと。

「それで抵抗したつもりなの可愛い……」

「……っ！」

　柚和くんの顔が近づいて、キスしてる距離とほぼ同じ。

　ただ、唇と唇の間に人差し指があるのは変わらず。

　この指が外れたら、またキスされちゃう。

「なんかこれ興奮するね」

「ん……む」

「咲桜先輩がもっと欲しがってくれたらなぁ」

　さっきまでふわっと残ってたレモンの匂いが、少しずつなくなってる。

「最後にもういっかいだけ、愉しいことしよ？」

「っ……？」

「今から俺が食べたキャンディ当てたら、これぜんぶ咲桜先輩にあげる」

　散々キスされて、ふわふわしてボーッとしてるのに。

　隙を見て、またキスされちゃう繰り返し。

「ね……先輩。ちゃんと甘いのあげるから」

「んん……もうっ……」

　キスが甘すぎて、キャンディなんて気にしてられない。

　ふわっと甘い匂いがするけど、それよりも。

「さっきより激しいの……もっと、ね」

　キスが深くて、とことん乱されて。

　このキスが続いたら、ほんとにキャパオーバーになっちゃう……っ。

　なのに、柚和くんは手をゆるめてくれない。

「先輩って背中撫でられるのも弱いんだ？」

「っ……、ぅ」

「ほら……ちっとも声我慢できてないよ」

　肌に直接触れられてるわけじゃないのに。

　ブラウス越しに、指先で軽く背中をなぞられただけで、身体が反応するばかり。

　それから何度キスしたかわかんないくらい。

　甘くて深くて熱くて。

「もう、甘いの……やっ……」

「……ダーメ。もっと先輩も欲しがって」

「ふぅ……んん」

　中毒性のある甘さに求められると、うまく抜け出せなくなる。

大胆に甘えたい。

期末テストが無事に終わると、やってくる行事……そう、それが文化祭。

わたしの学校は文化祭の時期が少し遅い。

11月の最終日が文化祭で、その次の日が体育祭になってる。

文化祭といえば、いろんな楽しみがあるわけだけど。

わたしは絶賛複雑な気持ちを抱えてる。

「柚和くんが執事なんて、ぜったいモテるじゃん……！」

「まあ、クラスでやるって決まったら仕方ないよねぇ」

「風音ちゃん他人事だと思って……！」

「梵木くんがかっこいいのは仕方ないし、執事のコスプレが似合うのも仕方ない」

「ぜんぶ仕方ないって……。かっこよすぎて柚和くん執事目当てのお嬢様が大量発生だよぉ……」

そう──柚和くんのクラスがなんと執事喫茶をやることになった。

少し前に衣装合わせがあって、わたしもその様子を見に行ったんだけど。

これがまた柚和くんってば執事服が似合いすぎて。

スタイル抜群にいいし、ちゃっかり着こなしてた。

彼女であるわたしも悶えてしまったけど、それよりも周りの女の子たち……！

　みんな目がハート状態で、柚和くんに注目が集まるばかり。

「もはや、わたしが柚和くんのボディーガードになるしかないのでは……」

「いやいや、そこまでしなくていいでしょ。ってか、咲桜は気にしすぎだよ。たしかに、梵木くんの執事姿は女子たちからしたら眼福（がんぷく）だろうけどさ」

「風音ちゃんは味方（みかた）なの、敵なの……!?」

「ってか、そもそも梵木くんは咲桜の彼氏でしょ？　何も心配することないよ。しかも梵木くんって、咲桜のことだいすきって感じだし」

「でも、可愛い子に迫られたりしたら……」

「はい、ネガティブなのは終わり。せっかく今日から文化祭始まるんだから楽しまないと」

　風音ちゃんの言う通り。

　文化祭が始まる前からこんな調子じゃ、先が思いやられる。

「モテる人の彼女ってこんなに大変なの……うっ」

「ほら、うなってないで、早くパーカーに着替えて準備する！」

「は、はぁい……」

　クラスTシャツならぬ、パーカーに着替えて文化祭がスタート。

　1年生、2年生はクラスによって展示（てんじ）や模擬店（もぎてん）。

　3年生は特になしで、自由に回っていいみたい。

＊　＊　＊

　午前中はあっという間に過ぎていき……。

　午後に入って自由時間に。

　さて、どうしようか。

　ほんとなら、このまま柚和くんを見に行きたいところだけど。

　行ったら柚和くんのモテっぷりを見て、女の子たちにヤキモチ焼きそう……。

　行かなかったらモヤモヤして落ち込みそう……。

　悩んだ結果。

「うわぁ……めちゃくちゃ並んでる……」

　ちゃっかり来ちゃったよ。

　ここのクラスだけ異常に人気だし、女の子ばっかり。

　まあ、ここ執事喫茶だからね。

　当然、柚和くん以外の男の子だって執事やるわけでさ。

　ここに並んでる子たちがみんな、柚和くん目当てとは限らない——。

「ねー、あの男の子めちゃかっこよくない!?　みんなあの子目当てで来てるんだよね!?」

「ダントツで人気の男の子らしいよ！　あんなイケメン執事見たことないよね～！」

「スタイル良いし、ちょっと可愛い感じの男の子ってところもいいよね！」

　あぁ、これぜったい柚和くんのことじゃん。

　ここで待ってる子たちみんな、完全に柚和くん目当てだ。

　彼氏がほめられるのはうれしい……けど！

　やっぱり、いろいろ複雑なわけで。

　もちろん柚和くんがかっこいいのは、充分わかってるし、モテるのも——。

「あれ、咲桜先輩。来てくれたんですね」

「っ……!?」

　ぬぁ……まって、まって。

　こんなに執事服をかっこよく着こなせるの、柚和くんくらいじゃない……!?

　リアルに執事喫茶で働けるレベルで似合ってるよ、似合いすぎてるよ。

「咲桜先輩？」

「うぁ、ぅ……え」

　むりむり、日本語どこかいってる。

　執事服の柚和くんがいきなり登場したら、こうなるって。

「声かけてくれたら特別に案内したのに」

「や、えっと……」

　廊下で並んでる女の子たちの視線が凄（すさ）まじい……。

　柚和くんって、自分がモテてるの自覚してるのかな。

　こういうところは、結構鈍感だったりする？

「先輩？　僕の声ちゃんと聞こえてます？」

「き、聞こえてますます……よ！」

　うぅ、なんか語尾（ごび）おかしい……！

　完全に挙動不審（きょどうふしん）な気がする。

「じゃあ案内するんで、どうぞ」

　席に案内されてからも、柚和くんのことが気になるばかり。

　はぁぁぁ……もういっそのこと、柚和くんがわたしの専属執事だったらいいのに。

　……なんてよからぬ妄想が働いてしまう。

　案の定、柚和くんはめちゃくちゃ人気でいろんなテーブルで女の子たちと喋ってる。

　接客で笑ってるだけなのに。

　わたし以外に、柚和くんの笑顔が向けられるのすごくやだ……。

　やっぱり来なきゃよかったって、後悔してる。

　柚和くんの彼女はわたしなんだから、何も不安に思うこともないのに。

　わがまま、ヤキモチが止まんない。

　わたしの柚和くんなのに……って思っちゃう。

　心狭すぎる。

　こんなのじゃ彼女失格だ。

　気分がモヤモヤ落ち込んだまま、うつむいてると。

「咲桜先輩」

　上から柚和くんの声が降ってきた。

　女の子たちから人気で、こっちに来られそうになかったのに。

「ゆわ、くん……？」

　下からすくいあげるように、ちゃんと目を見てくれる。

「咲桜先輩が泣きそうだったから心配で」

　まって、わたしそんな顔してた……？

　柚和くんはそれに気づいてくれたの……？

「このまま抜けよっか」

「ふぇ……っ？」

「もうシフト交代の時間だし」

　周りにたくさん人がいるのに。

　そんなのお構いなしで、柚和くんがふわっとわたしを抱きあげた。

　その瞬間、教室中に「キャー!!」って、悲鳴のような叫び声が響き渡った。

「うぇ……ゆ、ゆわく……」

「先輩はほんとわかりやすくて可愛いね」

　わたしをお姫様抱っこしたまま。

　みんなからうまく隠すように、唇の真横に軽くキスが落ちてきた。

＊　＊　＊

「うぅ……あれぜったいキスしてると思われた……っ」

「いいじゃん、実際したんだし」

「唇は外れてたのに……！　角度的に唇にしてるように見えた……」

　柚和くんと抜け出して向かった先は、もちろん別校舎。

　部屋に入った今も、ソファの上でわたしは柚和くんに

抱っこされたまま。

「むしろ俺は見せつけたかったけど」

「な、なんで」

「俺は彼女しか眼中にないから、他の人には興味ないよって」

「っ……！」

　柚和くんすごく笑顔……。

　ということは、わたしがヤキモチ焼いてモヤモヤしてたのもバレてるのでは。

「俺のぜんぶ咲桜先輩のものだよ」

「ぅ……」

「だからヤキモチ焼かなくていいのに」

「っ……！」

「わかりやすいくらい妬いちゃう先輩、可愛すぎるよ」

　ほらほら、やっぱり。

　柚和くんにはぜんぶお見通し。

「なんでわかっちゃうの……」

「だって俺先輩の彼氏だし。彼女の思ってることくらいわからないと」

「もしかして、教室から抜けてくれたのも……」

「あのまま俺が接客してたら先輩が泣いちゃうかもって」

「うぬ……」

　やっぱり、なんだかんだ柚和くんはわたしに甘い。

　わたしのことをいちばんに考えてくれるから。

「こんな心の狭い彼女、嫌じゃないの……？」

「可愛いヤキモチなら大歓迎」

　なんだかちょっとうれしそう。

　それに、今の柚和くんになら何を言ってもぜんぶ受け止めてくれる気がする。

「柚和くんは、わたしの彼氏なのに……ってヤキモチばっかり焼いちゃう……」

「それも可愛いから、俺はうれしいよ」

「他の子に見せたくないの……わたしだけが独占したくてしょうがないの……っ」

　こんなわがまま言ったら、さすがの柚和くんも呆れちゃうかもしれない。

「咲桜先輩って独占欲強いんだ？」

「ゆ、柚和くん限定だよ……っ」

　なんでうれしそうなの。

　わたしはこんな嫉妬でいっぱいで、ぐちゃぐちゃなのに。

「俺って咲桜先輩に愛されてるね」

「うぅ……それ以上言わないで……っ」

「もっと妬かせたくなるじゃん」

「うぇ……」

「可愛いからイジワルしたいし、でもたっぷり甘やかしてあげたい」

「イジワルやだよ……っ」

「その分ちゃんと甘やかすのに？」

　とっても生き生きしてる柚和くん。

　それに、今の柚和くん心臓に悪い……っ。

「う、や……あんまりこっち見ないで」

「どうして？」

「柚和くんいつもかっこいいのに。今日もっと……もっとかっこよくて困る……っ」

「…………」

「……ゆわ、くん？」

「はぁ……ほんといちいち可愛すぎて、俺の心臓どうにかなりそう」

　柚和くんが戸惑ってるように見えた。

　でもそれは一瞬で。

「じゃあ、先輩こっちきて」

「っ……？」

「後ろからするのも好き」

「ふ……へ？」

　柚和くんの上に乗せられて、後ろから抱きしめられる体勢に。

　お互い顔は見えないけど。

　身体すごく密着してるし、柚和くんの手の位置がいろいろ際どい……っ。

「パーカーっていいよね」

「な、なんで？」

「ん……だってこうやって」

「っ……ひぁ」

「先輩の肌に簡単に触れちゃうから」

　わたしの肩に顎を乗せて、手をスルッと中に滑り込ませ

てくる。

「これなら脱がすのも簡単そう」

　パーカーの裾をグイッとあげられて、お腹のあたりがヒ
ヤッとする。

「そ、それ以上めくっちゃ……」

「いいじゃん、俺には見えないし」

　柚和くんの手を止めたいのに。

　うなじのあたりから首筋にキスを落としてくるから。

　うまく力入らないし、触れられる手がくすぐったい。

「まっ……て、ぅ」

「全然力入ってないよ」

「そこ触るの、ダメ……っ」

「んー……？　どこがダメ？」

「っ……ぅ、ぁ」

　ずるい。

　わかってるのに、こんな触れ方するなんて。

「ってか、このパーカーの下……キャミソールとか着てな
いんだ？」

「うぇ……なんで……？」

　指先で軽く素肌をなぞってくる。

「こんなパーカー1枚で、脱がされたらどうするのかなっ
て」

「ぬ、脱がされることないもん」

「俺が脱がそうとしてるけど」

「うぅ……だって、っ……」

「先輩って無防備だし、あんま危機感ないよね」

　さっきから、柚和くんの声があんまり耳に入ってこない。

　だって、意識がぜんぶもっていかれちゃう。

　首筋に落ちてくるキスとか、肌に触れてくる手とか。

「後ろからだと俺の好き放題だね」

　柚和くんがたくさんキスして触れるから。

　少しずつ物足りなくなってくるの、おかしいのかな。

　さっきまで顔を見るのも恥ずかしくて無理だったのに。

　いつもみたいにしてほしくなる。

　それに、今なら勢いにまかせて、いつもできない大胆なこともできる……気がするの。

「ゆわ……くん」

　くるっと後ろを振り返って、少し前のめりになって近づこうとしたら。

「ぅ……なんで」

　ふいっとうまくかわされちゃった。

　うぅ、これ恥ずかしすぎる……っ。

　自分から大胆に迫って、かわされちゃうなんて。

「も、もうやだ……」

　恥ずかしいのに耐えられなくて、柚和くんから離れようとしたのに。

「逃げるのダメ」

　グッとわたしを抱き寄せて、もっと近くで迫ってくる。

　でも、ぜったい唇にキスしてくれないの。

「今の先輩とびきり可愛いのに」

　ダメダメ、柚和くんの可愛い攻撃に騙されちゃ。

「欲しがってる先輩もっと見たいなぁ」

　柚和くん全然甘くない。

　いつもなら、柚和くんからしてくれるのに。

「なんか柚和くん愉しんでる……っ？」

「だって、先輩から大胆にきてくれるのうれしいから」

　指でふにふに唇に触れてくるのに、それ以上はしてくれない。

　こんなに近くにいるのに、触れないのがもどかしい。

　それがぜんぶ顔に出ちゃってるのか。

「先輩……キスしたいの？」

「なんでしてくれないの……」

　いつもすぐキスするのに。

　今日の柚和くんは、やっぱりいつもと違う。

「焦らすのもいいなぁって」

「なっ……ぅ」

「けど、あんまいじめると先輩が拗ねちゃいそうだから」

「もう拗ねてる……っ」

「その分ちゃんと甘やかすって言ったよ」

　今度は指じゃなくて、ちゃんと唇が触れた。

　軽く触れ合っただけなのに。

　いつもより身体が大きく反応しちゃうの、なんで……？

「先輩自覚してる？」

「なに、を？」

「……いつも俺とキスすると、とろーんとした目して欲し

がってるの」

「っ……」

「俺のことそんなに好き？」

　キスしたまま喋るのずるい。

　唇が軽く擦れて、くすぐったく感じる。

「好きって言ってくれなきゃ甘いのしない」

「なんで……っ」

「先輩からもっと可愛く求められたいから」

　余裕そうに、愉しそうに笑ってる。

　その顔を崩したくて、柚和くんの余裕ぜんぶなくせたらいいのに。

　……なんて、ボーッとする中そんなことを考えて。

「ゆわくんしか欲しくない……っ」

　気づいたら、柚和くんの首筋に腕を回してギュッと抱きついてた。

「っ……、ほんといちいち可愛すぎるから困る」

「ん……っ」

　ほんの少しだけ、声が余裕なさそうだった……？

　唇をグッと押し付ける、ちょっと強引なキス。

　少しの間、触れて……ゆっくり離れていくと。

「も、もう……おわり……？」

　あっ……これじゃ、わたしが足りなくて求めてるみたい。

「う、あ……い、今のは……っ」

「はぁ……先輩ってほんと煽るのうまいね」

「ふへ……」

　視界がぐるんと回転して。

　背中にソファのやわらかい感触、真上に覆いかぶさってくる柚和くん。

「今ので完全にやられた」

　クイッとネクタイをゆるめる仕草が、めちゃくちゃ色っぽい。

「俺が満足するまで……たっぷり甘やかしてあげる」

「んん……」

「だから、もっと可愛がらせて」

　言葉通り、めちゃくちゃ甘やかしてもらえた。

柚和くんを妬かせたい。

「ねぇ、あの子見て！　めちゃくちゃかっこよくない!?」

「今ひとりみたいだし、声かけてみる？」

「いやー、でもあれだけイケメンなら彼女いそうだよね」

「たしかに。あんなイケメンと付き合えるなんてうらやましい〜」

　柚和くんはどこに行っても、とにかく目立つしモテる。

　いや、突然どうしたかって。

　今ちょうど女の子ふたり組が、柚和くんを見てはしゃいでるところを目撃したから。

　わたしはそれを少し遠めから見てるだけ。

　正確に言うと、いま柚和くんはカフェで飲み物を買ってきてくれてる。

　わたしはお店の外で待ってるところ。

　そこで偶然、女の子たちが柚和くんに夢中になってる会話を聞いてしまったわけ。

　わたしは今、絶賛ぷくぷく膨れてる。

　柚和くんがモテるのは今さらだし、ずっと前からそうだったけど。

「咲桜先輩？」

「…………」

　柚和くんの彼女になって、ヤキモチを焼くことが増えた気がする。

　この前の文化祭だってそう。

　わたしが盛大にヤキモチを焼いて、柚和くんに甘やかしてもらったし。

「なんでそんな膨れてるんですか？」

「膨れてないもん……」

「ほっぺが膨らんでますよ」

「むぅ……」

　柚和くんをひとりにしておくと、高確率で女の子が柚和くんに声をかけてる気がする。

「甘いの飲んで機嫌直してください」

「うぬ……」

「ココア甘めのクリームたっぷりにしてもらいましたよ」

　わたしが甘いの好きだから。

　甘めのカスタムにしてくれてる……。

　今だって、寒がってるわたしを見てすぐあたたかい飲み物買ってきてくれるし。

「早く飲まないと冷めちゃいますよ」

「ぅ……ありがとう」

　かっこいい、優しい、とにかくモテる。

　何もかも揃ってるパーフェクトな柚和くん。

　それに腹黒なところは相変わらず隠してるし。

　そんな人の彼女って大変だ。

「柚和くんってヤキモチ焼かなさそう」

「急にどうしたんですか」

「いつも余裕そうだし……」

「僕かなり嫉妬深いですけどね」

「う、嘘だぁ……」

　柚和くんがヤキモチ焼いてるところ、あんまり見たことない気がするもん。

「妬かせたら大変なことになりますよ」

　——なんて、こんな会話をしてたのが1週間前くらい。

＊　＊　＊

　そして今日。

　まさかの出来事に巻き込まれることに。

　それは放課後のこと。

「咲桜ちゃん！　今日暇だったりするかな!?」

「え、あっ時間あるけど、どうかしたの？」

　いま声をかけてきたのは、クラスメイトの紗綾ちゃん。

　何やら慌ててる様子。

「じつは今から他校の子と合コンなんだけど、咲桜ちゃんに参加してほしいなぁって！」

　ん？　んんん？

　え、紗綾ちゃん今なんて？

「女の子が急きょひとり来れなくなっちゃって！　咲桜ちゃん明るくて可愛いし！」

「いや、え？　合コン!?」

「そうそう！　イケメンばっかり来る予定だから、イケメンゲットしよっ！」

　合コンはまずい……！

　わたしこれでも彼氏いるし、柚和くんにバレたら大変なことになる……！

　はっ……でも、もしかしたら。

　わたしが合コン行くって言ったら、柚和くんヤキモチ焼いてくれるんじゃ——。

　いやいや、ダメだダメだ！

　そんなよこしまな考え捨てなくては……！

　というか、これ浮気とかになるんじゃ……!?

　なんとしても断らなければ！

「咲桜ちゃん、おねがいっ！　あれだったら、座ってるだけとかでもいいから！　頼めるの咲桜ちゃんしかいなくて！」

「え、あ、や……わたし彼氏が——」

「あっ、もうこんな時間！　駅前のカラオケで待ち合わせだから行こう！」

「え、えっ、ちょっ、まって紗綾ちゃ……」

「着いたら少しメイク直したいし！　よしっ、そうと決まればレッツゴー！」

　——って感じで、紗綾ちゃんの押しに完全に負けてしまい……。

「あっ、紗綾遅いよ〜！　もうみんな揃ってるよ！」

「ごめんごめん！　なんとか間に合ってよかったぁ」

　こ、断り切れなかったぁ……。

　ついにここまで来てしまったよ。

　いや、でもやっぱり彼氏いて合コンなんてよくない。

　用事思い出したとか、テキトーに嘘ついて──。

「ほら、咲桜ちゃん先に部屋入って!!」

「え、ちょっ……」

　あわわ、どうしよう。

　部屋の中に入ってしまった……。

　もうこれで完全に逃げ場なし。

　しかも、もうめちゃくちゃ盛り上がってるじゃん……。

　男の子5人、女の子5人だっけ。

　うわぁ……これどうしよう。

　この状況……柚和くんにバレてもまずいし、隠してるのもまずい気がする。

　みんな結構盛り上がってるし、隙を見て抜け出すしかないかぁ……。

　……なんて、合コン初心者のわたしの考えは甘かったようで。

「咲桜ちゃん隣座ってもいいー？　いろいろ話そー」

　まったく抜け出せない……!!

　みんな割と自由に動き回ってるから、常に隣に誰かいるし、めちゃくちゃ話しかけてくるし。

「あ、えっと、わたし飲み物取りに……」

「それなら、誰かについでに取りに行ってもらお？　今は俺と話そうよ」

　そもそも、この人の名前すら覚えてないし。

　自己紹介あったけど。

　とりあえず、ここは軽く話す程度で乗り切るしかない。

「咲桜ちゃんって何年生だっけ？」

「えっと、2年です」

「わー、じゃあ俺のひとつ下だ」

「そ、そうなんですね」

　どうしよう。

　抜け出すタイミング完全に逃してる……。

「咲桜ちゃんはさ、付き合うなら年上がいいとか理想ある？」

「あ、えぇっと……」

「やっぱり年上か同い年がいいでしょ？」

「あんまり考えたことないかも……です」

「えー、年上とかにリードしてほしくない？」

　たしかに、周りの女の子のほとんどは、付き合うなら年上か同い年がいいって話してた気がする。

　年上のほうが甘やかしてくれるし、大人だからって。

　でも、わたしはそんなのあまり気にしたことないかも。

　柚和くんと付き合って、年下だからとか、そういうのあんまり感じたことないから。

　もちろん、年下っぽく甘えてくる一面は可愛いなぁとは思ったりするけど。

「わ、わたしはそういうのあんまり気にしないです」

「へー、そっか。んじゃ、俺とかどう？」

　え、今の会話の流れからなんでそうなる!?

　しかもさっきより距離詰めてきてるし。

「あ、えっと、わたしよりも可愛い子たくさんいるので！」

「俺は咲桜ちゃんがタイプなんだけどなー」

　なんかすごくチャラチャラしてない!?

　すごい偏見(へんけん)だけど、女の子みんなに同じこと言ってそう。

「喉渇(のどかわ)いたので、飲み物取ってきます！」

　こうなったら強行突破。

　コップを持って、部屋を飛び出した。

「ふぅ……なんかすごく疲れた……」

　このまま抜け出して帰ろうかな。

　でもカバンは部屋の中だし。

　しばらくトイレで時間つぶそうかな……と思ったら。

　スカートに入ってるスマホがブーブー鳴り出した。

　ずっと鳴ってるから電話かな。

　誰かも確認せずに応答をタップ。

『あ、やっと出ましたね』

「……!?　うぇ、柚和くん!?」

『そうですけど。びっくりしすぎじゃないですか？』

「いや、えっと、電話くれるの珍しいから！」

　ど、どうしよう。

　別にやましいことはしてないけど、なんだか悪いことしてるような気分。

『いま電話するのまずかったですか？』

「ま、まずくな――」

「あれー、咲桜ちゃーん？」

　どひぃ！　いま電話中だから!!

「全然戻ってこないから心配したよー」

「いや、いや……ちょっと、今は……！」

　ってか、なんかこれわたし浮気者みたいじゃない!?

　柚和くんに誤解される前になんとか……。

『今の男の声……？』

「ぅ、や……これには訳があって……」

『今どこ』

「えと……」

『どこ』

　まずい……。

　これは完全にプッツンしちゃってる……。

　ここは何も言い訳とかせず、素直に言ったほうがいい気がする。

　駅前のカラオケにいると伝えると、柚和くんはため息をついて。

『……今から行くんで。男から誘われてもぜったい断って』

　聞いたことないくらいの低い声。

　これは相当怒ってるに違いない。

　うぅ……どうしよう。

　これは100%わたしが悪い……。

　ちゃんと断れば、こんなことにならなかったのに。

　カバンを取りに部屋に戻って、紗綾ちゃんに事情を説明すると。

「えっ、そうだったの！　わー、ごめんね！　強引に誘っちゃって！」

「う、ううん。わたしのほうこそ、言いそびれちゃってごめんね」

「彼氏さん大丈夫!?　迎えに来るんだよね？　わたしが無理やり誘ったって説明しようか？」

「たぶん大丈夫だと思う！　なんとか話してみる！」

「そっか、ほんとにごめんねっ……！　もし何かあったら遠慮なく連絡してね！」

　部屋を出ると、ちょうど柚和くんがやって来た。

「咲桜先輩」

「あっ、ごめんね。ここまで来てもらって──きゃっ」

　駆け寄ったら、すぐさまギュッて抱きしめられた。

「……めちゃくちゃ心配した」

「え……？」

「……俺以外の男に触れさせたりしてないよね」

「う、うん」

「嘘ついたら今ここでキスするけど」

「つ、ついてないよ」

「咲桜先輩は自分の可愛さ自覚してないし、鈍感だからほんと困る……」

「柚和くんには、ほんとのことしか言わない。だから、今こうなってることも、ぜんぶちゃんと説明したい……の」

　誤解されたくないから。

　ギュッて抱きしめ返すと、耳元で深いため息が聞こえてきた。

「とりあえず事情は俺の家で聞くんで」

* * *

　柚和くんのおうちは誰もいなかった。

　部屋に入った途端、壁に両手を押さえつけられて、完全に逃げ場なし。

「——で、あの状況はなに？」

「や、やっぱり怒ってる……？」

「理由次第では、今ここで咲桜先輩のことめちゃくちゃにするけど」

「う、や……ちゃんと理由あるので聞いてほしい、です」

　柚和くんの瞳が本気だ。

　これはちゃんと話さないと。

　クラスメイトの子に合コンに誘われたこと。

　うまく断れずに、流れのまま行ってしまったこと。

　ぜんぶ話し終えたけど、柚和くんの表情は変わらない。

「ほ、ほんとにごめんなさい……。ちゃんと断れなくて、流されて参加しちゃって」

「…………」

「すぐに抜け出すつもりだったんだけど、うまくできなくて。で、でも、あの場ではほんとに何もなくて！」

　喋れば喋るほど、言い訳っぽく聞こえる……。

　柚和くんぜったい怒って呆れて——。

「はぁ……先輩ほんと危機感なさすぎ」

「ふへ……？」

「だから放っておけない。可愛いし無防備だし」

「……？」

「だけど、今回のことはさすがの俺でも結構怒ってるんで」

　柚和くんが自分のネクタイをゆるめて、シュルッとほどいた。

「俺の好きにしていい？」

「……へ」

「俺がしたいこと……ぜんぶしたい」

「へ……!?」

　柚和くんがしたいこと……って？

　甘くて危険な感じしかしない。

「な、何するの？」

「咲桜先輩はただ……可愛い声出してくれたらいいよ」

「……え？」

「あと……たくさん甘やかしてもらおうかな」

　危険さを表すように、柚和くんがにこっと笑ったまま。

　さっきほどいたネクタイを、なぜかわたしの両手首に巻いた。

「え、え？　なんでネクタイ……」

「今は俺だけの咲桜先輩でいて」

　縛られたネクタイは、ちょっと動かすくらいじゃほどけない。

「嫌だったらやめるから」

「きゃ……ぅ」

　柚和くんに抱っこされて、そのままベッドの上におろされた。

　軽くトンッと肩を押されて、背中からベッドに沈んでいっちゃう。

　真上に覆いかぶさる柚和くんがベッドに手をつくと、ギシッと音が鳴る。

「まずは……俺が満足するまでいっぱいキスしよ」

「……んんっ」

　甘いキスがこれでもかってくらい落ちてくる。

　深くてずっと塞がれたまま。

「咲桜先輩の唇甘くて好き……」

　ギュッと結んだままの唇も。

「ひぁ……っ」

「ね……もっと深いのしよ」

　舌で軽く舐められると、敏感に反応しちゃう。

　少しあいた口から甘い熱がスッと入ってくる。

　いつもなら手で押し返せるけど。

　今は両手が縛られてるから、されるがまま。

「甘くて俺のほうが溺れそう」

「ふっ……ぁ」

　息をする隙も与えてくれない。

　でも、だんだん苦しくなってきて、限界の合図を送ると。

　わずかに唇を離してもらえた。

「す、少し……まって……っ」

「……まだばてちゃダメ」

「ふぇ……ぅ、ん」

　またすぐ唇が重なって、ずっと触れたまま。

　甘くて熱い吐息が漏れて、キスについていくだけで精いっぱい。

　こんなのずっと続いたら、もたない……っ。

　頭に酸素が回ってないせいか、ふわふわする。

「キスやめてほしかったら……俺のわがまま聞いてくれる？」

「はぁ……っ、ぅ」

「ちゃんと答えて」

「き、聞く……から……っ。もうキス止まって……っ」

　息が乱れすぎて、うまく喋れない。

　反対に柚和くんは、全然苦しくなさそう。

　むしろ余裕だし、愉しそうにしてる。

「じゃあ、ここに噛み痕残したい」

「っ……？」

「先輩覚えてる？　少し前に……首より下には噛み痕残しちゃダメって言ったの」

　器用な手つきで、ブラウスのボタンをすいすい外していく。

　リボンなんてほどくの一瞬。

「あ、首元も痕消えかかってる」

「っ……、まって」

「唇にはキスしないから……先輩の身体にキスさせて」

　まだキスの熱が残ってるのに。

　柚和くんは容赦ない。

「先輩のやわらかい肌に触れると……抑えきかなくなる」

　首筋に繰り返しキスをして。

　身体中の熱が、内側にたまって熱くなってくる。

　しだいにキスが少しずつ下に落ちて。

「ここ触れるのはじめて」

「ダメ……なのに、ぅ」

　心臓に近い胸のところに唇を這わせて、さっきと同じように痕を残そうとしてる。

「心臓の音すごいね」

「うぁ……聞かないで……っ」

　甘すぎてぜんぶ溶けちゃいそう……。

　恥ずかしくて、身体の熱が上がりきって。

　ほとんど力残ってないのに。

　腕をグイッと引っ張られて、身体を起こされた。

「ね……咲桜先輩も噛んで」

「へ……っ?」

　柚和くんが自分の襟元を引っ張って、首筋のあたりを指でトントンしてる。

「俺が咲桜先輩のだって痕残してほしい」

「っ……!　む、無理だよ……!」

「どうして?」

「恥ずかしいし、柚和くんみたいにできない……もん」

　柚和くんは、もっともっと求めてきて止まらない。

「じゃあ、咲桜先輩の身体にもっと甘いことしていい?」

「ぅ、それもダメ……」

「俺のこと甘やかしてくれるんじゃないの」

「だ、だからぁ……」

「ほら唇ここにあてて。ちょっと強く噛んでもいいから」

「ん……む」

　柚和くんの首筋に唇をうまくあてられて。

　ただ触れてるだけで、ここから先どうしたらいいかわかんないのに。

「少しだけ吸って」

「ん……できない」

「ちゃんと紅い痕残すまで……ずっとこのままだよ」

　そんなこと言われたって……っ。

　できないものはできないのに。

　柚和くんと違って慣れてないし、こんな大胆なことするの恥ずかしくて無理……っ。

「ってか、先輩それ煽ってる？」

「ふぇ……？」

「咲桜先輩の息が肌にかかるの……めちゃくちゃ興奮するんだけど」

「っ……！」

　びっくりした拍子に、少しだけ柚和くんの首筋を噛んじゃった。

「あ、なんか今のいいね」

「っ……？」

「先輩に噛まれるの結構好きかも」

「も、もうこれでおしまい……！」

　柚和くんの甘いわがままには、まだまだ慣れません。

柚和くんの甘い仕返し。

　短かった冬休みが明けた1月。

　冬休み中は、何度か柚和くんと会ったりデートもした。

　クリスマスも一緒に過ごすことができて、お互いプレゼントを交換したり。

「うぅ……わたし幸せすぎる……！」

「急にどうしたんですか」

「いや、柚和くんと一緒に過ごせてるのが幸せすぎてね！」

　放課後も、こうやってふたりで帰ったり。

　時間は限られてるけど、一緒にいられるときがすごく幸せだなぁって。

「咲桜先輩って不意にストレートですよね」

「そ、そうかな！」

「いつも恥ずかしがるのに、急にそういうこと言うから僕のほうが照れるんですけど」

「照れてるように見えないよ！」

「隠してるだけです」

　なるほど。

　たしかに柚和くんって、あんまり表情に出ないかも。

　年下っぽさを感じさせないっていうか、大人っぽいんだよなぁ。

＊　＊　＊

　放課後、柚和くんと帰ってる途中。

「あっ、ちょっとコンビニ寄っていいかな？」

「いいですよ。僕は外で待ってるんで」

「寒くない？　あれだったら、先に帰っても——」

「まだ咲桜先輩と一緒にいたいんで待ってます」

　くぅ……。

　今わたしの心臓撃ち抜かれた。

　一瞬だけポッと熱を持った頬に手をあてながら、ひとり店内へ。

　目的のものをゲットして、レジで会計してるときに事件発生。

「お会計398円でーす」

　さ、財布がない!!

　あれ、家に忘れてきた？

　それとも学校？

　カバンの中をどれだけ探しても見つからない。

　わたしがこんなことしてる間に、後ろが並び始めてる。

　商品レジに通しちゃったけど、戻せたりするのかな。

　でも、それだとお店側に迷惑？

　うぅ、いったいどうしたら……。

「あ、あのっ、すみません——」

　店員さんに事情を話そうとしたら、急にわたしの横に誰か来て。

　スマホがかざされて、ピッと電子決済の音がした。

「ありがとうございまーす。お次の方どうぞー」

　え、あっ、えっ？

　いま何が起きた？

　店員さんに商品を渡されて理解した。

　今わたしの代わりに誰かお金払ってくれたよね!?

　たぶんわたしの後ろに並んでた男の人。

　今ちょうど自分が買った分を会計してるっぽい。

「あ、あの!!　いまお金……！」

「あぁ、なんか困ってたように見えたから。迷惑だったかな？」

「い、いえ！　とんでもないです！　すみません、払っていただいた分は必ずお返しするので……！」

「いいよ、気にしないで。困ったときはお互い様だよ」

　って、あれ……？

　この人って……。

「あっ、もしかして柚和くんのお兄さん……ですか？」

「そうだよ。少し前、うちに遊びに来てた子だよね？」

　なんと偶然にも助けてくれたのは、柚和くんのお兄さんだった。

　今まで下を向いてたから、全然気づかなかった。

　それに前に会ったときと、雰囲気が少し変わってたから。

「すみません……！　全然気づかなくて！」

「ははっ、いいよ。今日柚和は一緒？」

「あ、はいっ。いま外で待っててくれてます！」

「そっか。やっぱり柚和の彼女なのかな？」

「え、あっ、そうです」

「そっかそっか。柚和にも大切にしたいと思える子ができたならよかったよ」

　笑った顔が柚和くんそっくり。

「そういえば、名前聞いてなかったね。よかったら教えてもらえるかな？」

「那花咲桜です！」

「咲桜ちゃんか。柚和のことよろしくね」

「も、もちろんです……!!　全力で幸せにします!!」

「ははっ、頼もしいね。咲桜ちゃんになら、柚和をまかせて安心だ」

　す、すごく良いお兄さんだ。

　優しくて紳士的な人だなぁ。

「あっ、そうだ！　今度おうちにお邪魔する機会があったら、そのときお金返します！」

「ほんとに気にしなくていいよ。弟の彼女なんだし遠慮しないで」

「ぅ……じゃあ、お言葉に甘えて。助けていただいて本当にありがとうございました！」

　困ってる人がいたら、ぜったい手を差し伸べてくれる人なんだろうなぁ。

「あんまり俺が引き止めてると、柚和が怒っちゃうかな」

「ど、どうでしょう」

「これからも柚和と仲良くね。じゃあ、俺はこれで」

　はっ……！　わたしも早く戻らなきゃ！

　急いでお店を飛び出した。

「柚和くん！　ごめんね、遅くなっちゃって！」

「全然大丈夫ですよ。何かありました？」

　柚和くんはお兄さんと会ったのかな。

　この感じだと、お兄さんがいたことは気づいてなさそう。

　お兄さんに会ったこと……言わないほうがいいのかな。

　柚和くんがお兄さんに対して、いろんな思いを抱えてるのを知ってるから。

　でも、柚和くんには隠し事とかしたくないし。

　ここでお兄さんのことを話さないのも違うような気がする……から。

「さっき、偶然柚和くんのお兄さんに会ったよ」

　柚和くんは、普段から感情を顔には出さないけど。

　今ちょっとだけ、表情がいつもと違った。

「わたしが困ってるところを助けてくれて」

「……そうですか。兄らしいですね」

「柚和くんと付き合ってることも伝えたら、柚和くんのことよろしくねって」

「…………」

　やっぱり、今でもお兄さんのことを話すと柚和くんはあんまり反応してくれない。

　それからわたしを家まで送り届けてくれた。

　柚和くんは浮かない表情のまま。

　なんだか、このまま柚和くんをひとりにしちゃいけない気がする。

「じゃあ、僕これで帰ります」

「ま、まって！　柚和くんさえよければ、あがっていかない？」

「…………」

「まだ柚和くんと一緒にいたい……って言ってもダメ？」

「……そんな可愛くおねだりするのずるいですよ」

　柚和くんはわたしに甘いところあるから。

　わたしがちょっと押したら、折れてくれるのはいつも柚和くん。

「えっと今日ね、両親帰り遅くて誰もいないの」

「……え」

　何か衝撃を受けたみたいな顔してる柚和くん。

　せっかく家の中に入ったのに。

「やっぱり帰ります」

「えぇ!?　な、なんで!?」

　玄関の扉に手をかけて、出ていこうとしてるんだけど！

「てっきり咲桜先輩のご両親がいると思ったのに……」

「今日だけたまたま帰りが遅くてね！」

「この状況でふたりっきりとか僕が死にます」

「わたしがいるから大丈夫だよ！」

「咲桜先輩がいるから不安なんですよ」

「わたしにまかせて！　ほら中にどうぞ！」

　柚和くんの手をグイグイ引いて、部屋の中へ。

「はぁ……僕の理性どうなるんだろう」

　脱力した状態の柚和くんが、こんなことを言ってたのも知らずに。

　わたしの部屋に入った瞬間。

「……え、ちょっ。なんでいきなり抱きついてくるんですか」

「柚和くんが心配だから」

　後ろから、柚和くんの大きな背中にピタッとくっついた。

　柚和くんは、ちょっと動揺してる様子。

「心配って……兄のことですか」

「う……ん」

　柚和くんから、次にどんな言葉が返ってくるか少しドキドキしてた。

「優しいんですね、咲桜先輩は」

　でも返ってきたのは、ちょっと予想外のこと。

「ちょっと嫉妬してます」

「……？」

「咲桜先輩が兄と少し話したくらいなのに」

　身体をこっちに向けて、わたしの目をちゃんと見た。

　珍しく、ちょっと余裕なさそう。

「咲桜先輩の気持ちを信じてないわけじゃないけど……。どうしても咲桜先輩だけは、兄じゃなくて僕を好きでいてほしくて──」

　柚和くんのネクタイを軽く引っ張って。

　かかとを浮かせて、少しだけ背伸びをして──そっと柚和くんの唇にキスした。

　目の前の柚和くんは、目をぱちくりさせて、びっくりしてる。

　自分からキスするのは恥ずかしくて、普段ならできない

けど。

　今は自然とできて、触れたいと思ったから。

「わたしが好きなのは柚和くんだよ」

「ずるいですよ……。今そんなストレートに伝えてくるの」

「素直に思ってることを伝えたくて！」

「咲桜先輩に好きって言われると心臓おかしくなる……」

「えぇっ」

「でも、咲桜先輩のそういうところ、めちゃくちゃ好きです」

　甘えるみたいに、わたしにギュッと抱きついてきた。

「咲桜先輩のことになると、ほんと余裕なくなる……」

　ついこの前は、柚和くんって大人っぽいなって思ってたけど。

　今は甘えん坊でちょっと可愛い……かも。

「ふふっ、柚和くんが甘えてくれるの貴重だね」

「笑うところじゃないですよ」

「だって可愛いんだもん」

　背中をポンポンしてあげると、スッと身体を離してきた。

「可愛いって……彼女に言われると少し複雑ですね」

「えぇ、どうしてっ？」

　不満げに、ちょっとムッとしてる。

「だって僕可愛くないですし」

「拗ねてるのが可愛いのに！」

「咲桜先輩ちょっと変わってますよね」

「ぅ、む……っ」

　わたしのほっぺをむにゅっと挟んできた。

「可愛いですね」

「むぅ……ほんとに思ってる？」

「思ってますよ。咲桜先輩はいつも可愛いです」

　柚和くんは、わたしをドキドキさせる天才だ。

「……もういっかい咲桜先輩からキスしてほしい」

「っ……！　も、もうできないよっ」

　あれはなんか自然な流れでできたというか……！

　おねがいされてできるものじゃない……！

「じゃあ、僕のわがままなんでも聞いてくれます？」

　ちょっと甘えるような声で、おねだりしてくるのずるい。

「む、無理のない範囲でなら」

　──なんて、答えたのがダメだったのかもしれない。

「うっ……あんまり動かないで」

「どうして？」

「く、くすぐったい……」

「先輩に膝枕してもらうの久しぶりだし。やわらかくてきもちいいね」

「な、ぅ……」

　目線を下に落とすと、満足そうに笑ってる柚和くん。

　さらに。

「こうやって先輩にギュッてするのも好き」

「きゃぅ……っ」

　お腹のあたりに顔を埋めて、むぎゅって抱きついてくる。

　わたしは恥ずかしくて、いっぱいいっぱいなのに。

　柚和くんは、そんなのお構いなし。

「あーあ、また顔真っ赤」

「あ……う……」

　ってか、柚和くんの上目遣い可愛すぎない……!?

　この角度で柚和くんを見ることがないし。

「ほんといちいち可愛い反応するから」

「だ、だってぇ……柚和くんがドキドキさせるから」

　目が合うのに耐えられなくて、プイッとそらすと。

　柚和くんは甘いイジワルをしてくる。

「っ……！　ゆ、柚和くん……っ」

「なーに？」

　平然とした顔で、スッと太もものあたりに触れてくるの。

「ぅ……そこに手入れるの、ダメ……っ」

「だって、咲桜先輩が俺を見ないから」

　柚和くんの手が、スカートの中でイジワルに動いて。

　押さえようとするのに、甘い手つきで触れてくるの。

「ダメなのに……っ」

「じゃあ、もうやめてほしい？」

「ぅ、そういうわけじゃ……ない、けど……」

　わざと弱いところをなぞってきたり。

　ちょっと刺激を強くされると、脚が勝手に動いちゃう。

「もうこれ以上はしちゃ、ダメ……」

「んー……何してもいいって言ったの咲桜先輩なのに」

「な、何してもいいとは言ってな──」

　柚和くんの人差し指が、トンッとわたしの唇に触れる。

「唇やわらかいね」

「ん……む」

　片方の手は、相変わらず太もものあたりを甘くなぞって。

　身体の内側がジンッと熱くなってくる。

「もうちょっと口あけて」

「ふ……あっ」

　唇に触れてた指が、ほんの少し口の中に入ってきて。

「俺の指……噛んじゃダメだよ」

「ふぅ……ん」

　さっきの甘えたな柚和くんはどこへやら。

　いつもの調子が戻ってきたのか、イジワルばっかり。

「咲桜先輩の口の中、熱いね」

「う、やっ……」

　唇に触れられてるだけなのに、熱くて変な感覚になる。

「はぁ……俺まで変な気分になってきた」

「ぅ……もう、指……っ」

「先輩も……これだけじゃ足りないでしょ？」

　散々ドキドキさせられて、身体の熱もあげられて。

　頭もふわふわしてる。

　なのに、スイッチが入った柚和くんは加減をしてくれない。

「ちょっと違うキスしよ」

「ふへ……っ？」

　違うキス……とは？

　頭がボーッとしてるせいで、なんのことかわかんなくて。

　うまく力の入らない身体が、柚和くんの手によって起こ

された。

　柚和くんにぜんぶをあずけたまま。

「……すぐばてちゃダメだよ」

「ん……んんっ」

　甘く誘われて、唇を塞がれた。

　じわりと甘く熱が広がって……どんどんキスが深くなっていく。

　お互いの漏れる吐息が絡んで熱い……。

「こうしたら……もっときもちいいかも」

「……ふ、ぇ……」

　キスに集中してたら、ふと耳元に違和感が。

　両耳が柚和くんの手によって塞がれた。

　なんで、こんなことするんだろう……っ?

　相変わらず頭はふわふわしたまま。

　ほんの少し唇が離れたと思ったら、また強く感触が押しつけられた瞬間。

　腰のあたりにピリッと甘い刺激。

　さっきのキスと何も変わってない……はずなのに。

「……いつもより身体熱いね」

「んっ、や……ぅ」

　柚和くんの声が、微かにしか耳に届かない。

　かわりに、唇に触れる感触とか熱がいつもよりはっきりしてる……っ。

　耳を塞がれると、キスにものすごく意識が集中しちゃう。

「こうすると……もっときもちいいかなって」

「っ……これ、やぁ……」

　唇を吸われると、いつもより身体が反応しちゃう……っ。

　舌で軽く舐められただけで、いつもより熱を感じて耐えられなくなる……っ。

　唇が触れてるだけで、身体がこんな状態なのに。

　甘い刺激は、ちっとも止まらない。

「俺も……もっとほしい」

　ほんの少しあいた口から、熱い舌が入ってもっと求めてかき乱してくる。

　少しずつ苦しくなって、頭にも酸素が回らない。

　クラクラ揺れて、甘い熱に侵されて。

　まんべんなく……唇をぜんぶ溶かしちゃいそうなキスばかり。

「……キスきもちいい?」

「ぅ……いきなり耳は……っ」

「ね……ちゃんと教えて、咲桜先輩」

　耳元でささやいてくるの、ずるい……っ。

　耳たぶのあたりに、柚和くんの唇が触れてる。

「もっと可愛い先輩が見たい」

「ひぁ……か、噛んじゃ、やっ……」

　耳たぶを甘噛み。

　それからしばらく、柚和くんが満足するまでキスが続いて──。

「止まってほしいって、何度もおねがいしたのに……っ!」

「咲桜先輩が甘い声で誘うから」

「さ、誘ってなぁい……!!」

　柚和くんの胸を軽くポカポカ叩くと。

　それはもう満足そうに、愉しそうな顔で笑ってた。

　少し前まで、お兄さんのこと気にして甘えてきたのに。

　それに、もしかして——。

「柚和くんって、意外とヤキモチ焼き……っ?」

「意外じゃないですよ」

「……え?」

「咲桜先輩が好きすぎるから妬くのに」

「っ……!」

　ちょっぴり拗ねたときの柚和くんは、甘えるのがとことん上手みたいで。

　ヤキモチ焼いちゃう可愛い一面も。

　でも、イジワルなのはいつもと変わらない。

　そして、柚和くんの甘い言葉で心臓をやられちゃうわたしも、だいぶちょろかったり。

もっと欲しいなんて。

「わっ、ここって！」

「咲桜先輩がずっと行きたいって言ってたんで」

　今日はわたしの誕生日。

　学校も休みなので、柚和くんと誕生日デート。

　プランはぜんぶ柚和くんが立ててくれた。

　──で、早速カフェにやって来た。

「お、覚えててくれたの？」

「もちろんです。いつか予約取るって約束したじゃないですか」

　何気ない会話の中で言ったことなのに。

　柚和くんはほんとに律儀で、些細なことをちゃんと覚えててくれる。

「ちょうど咲桜先輩の誕生日に予約取れてよかったです」

　誕生日ということで、今日のデートは少し遠出。

　普段見慣れない景色になるだけで、すごく新鮮な気持ちになるなぁ。

　今は2月ということもあって、いちごのスイーツがメイン。

　……なんだけど！

「わぁぁぁ……！　いちご尽くしだぁ！」

　大きなガラスのプレートに、小さめのいちごのスイーツがのってる。

「か、可愛すぎる……！　たくさん写真撮りたいっ！」

　見た目も可愛いうえに、どのスイーツもとっても美味しそう！

「これくらいだと、あっという間にぜんぶ食べちゃうかも！」

「結構数ありますよ」

「甘いものはたくさん食べられるの！」

　──なんてことを言ったけど。

　これが意外とお腹いっぱいになるもので。

「うぅ、あとちょっとなのに」

「ゆっくりでいいですよ」

　ふたりで半分ずつくらいにしたのに、わたしが食べるの遅すぎて。

　柚和くんは、とっくに食べ終わってるのに。

　わたしが食べ終わるのを待っててくれてる。

　それに、甘いの苦手なのにこうして付き合ってくれるのも優しいなぁ。

「咲桜先輩のペースでいいんで。僕のことは気にしないでください」

　いつもそう。

　わたしが食べるの遅くても、柚和くんはぜったい急かしたりしない。

「柚和くん優しすぎるよ」

「そうですか？」

「ずっと待ってるのつまらなくない？」

「僕、咲桜先輩が美味しそうに食べてるところ見るの好き
なんで」

「え!?」

「デートのときいつも思ってますよ。咲桜先輩っていつも
笑顔で楽しそうに食べてるなぁって」

「そ、そうかな!」

　自分じゃあんまり意識してないから。

「たくさん食べてるのも可愛いなって思いますよ」

　うぅ、わたしの彼氏よくできすぎてる……！

＊　＊　＊

　カフェ巡りをしていたら、あっという間に暗くなってきた。

　今日のデートで、わたしが楽しみにしてたもうひとつの
場所。

「わぁぁぁ、とっても広くてきれいだねっ!!」

　柚和くんとイルミネーションを見に来た。

　一度でいいから、冬にこういう場所来てみたかったんだ
よね！

「はしゃぐのはいいですけど、転ばないでくださいね」

「大丈夫だよっ！　柚和くんが手つないでくれてるし！」

　柚和くんの手を引いて、ルンルン気分でイルミネーショ
ンを見て回ることに。

「これが光のトンネルかぁ……！」

「あたたかいライトの色ですね」

　アーチ状に無数のライトがキラキラ輝いてて、すごくきれい。

「先輩、寒くないですか？」

「うんっ、平気！」

　歩き進めていくと、いろんな色のライトに囲まれて、見てるだけでとっても楽しい。

　他にもリフトに乗りながら、虹のイルミネーションを楽しめるところもあったり、光の迷路もあるみたい。

「わぁ、あれ誕生日ケーキみたいだねっ！」

　とっても大きなケーキのかたちをしたイルミネーションを発見。

「周りの丸いやつはマカロンとかですかね」

「たしかに！　マカロンっぽいかも！」

　幻想的な光に包まれて、時間を忘れちゃいそう。

　少し歩いたら、身体が冷えてしまった。

「ココア買ってきたんで。これ飲んでください」

「あっ、ありがとう」

　夜になると気温がグッと下がるから、ホットココアが身体をポカポカさせてくれる。

「寒かったら僕のマフラー貸しますよ」

「それだと柚和くんが寒くなっちゃうよ！」

「僕のことはいいんで。咲桜先輩のほうが心配です」

　ほんとに、柚和くんはいつだってわたしを大切にしてくれる。

　今日だって、こんな素敵な思い出を作ることができて、

もう胸がいっぱい。

　だから、それを柚和くんに伝えたい。

「あ、あのね柚和くん！　今日ほんとにありがとうっ！
柚和くんと誕生日一緒に過ごせてすっごく幸せ……！」

　つないでもらってる手をギュッと強く握ると、優しい笑
顔で、おでこをコツンと合わせてきた。

「僕も……咲桜先輩の誕生日お祝いできてうれしいです」

「こ、ここ外なのに……っ」

「だって、先輩が可愛いことしてくるから」

　柚和くんが少し離れた瞬間。

　首元がヒヤッとした。

　何か冷たい……金属みたいなものが触れてる感覚。

「やっぱり咲桜先輩にぴったりだ」

　目線を下に落とすと、キラッと視界に入ってきたもの。

「うぇ……っ、こ、これ……っ」

「咲桜先輩に似合うと思って」

　桜のかたちをした、クリスタルのチャームがついたネック
レス。

「僕からのプレゼントです」

「っ……！　うぅ……っ、こんなサプライズ聞いてない
よぉ……！」

「言ったらサプライズにならないですよ」

「そ、そうだけどっ……！」

　うれしくて、気づいたら瞳が涙でいっぱい。

　きっと顔もぐちゃぐちゃ。

「泣かせちゃいましたね」

「だ、だってぇ……幸せすぎて、うぅ……っ」

「泣いてる咲桜先輩も可愛いですよ」

「っ……！」

　周りからうまく隠すように、唇にキスが落ちてきた。

　びっくりした反動で、涙が引っ込んでいっちゃった。

「可愛いからしちゃいました」

「ぬぅ……ぅ……」

　幸せ気分のまま、誕生日デートは幕を閉じる──はず

だったんだけど。

　突然、空からものすごい勢いで雨が降ってきた。

　おまけに雷まで鳴り始めてる。

　たしか、ここらへんは天気が安定しないんだっけ。

　晴れてたと思ったら、突然大雨みたいなことも多々ある

みたい。

「バスも電車も止まってますね」

「う、うそぉ」

「動き出したとしても、今日中に帰るのは厳しいかもしれ

ないです」

　なんと、このまま帰れないかもしれない事態に。

　とりあえず、家に連絡しなきゃ。

「まあ、近くで泊まれるところ探しましょ」

「そ、そうだね！」

　ここらへんは観光スポットでもあるから。

　この雷雨のせいで帰れない人が続出した結果。

　みんな考えるのは同じこと。

　どこのホテルを回っても、部屋がぜんぶ埋まってる。

　──で、運よく泊まれるところを見つけたんだけど。

「ひと部屋しか空いてなかったです」

「えっ」

　つ、つまり……。

　ひと晩、柚和くんと同じ部屋で過ごすってこと……!?

　いきなりお泊まりとか、ハードル高すぎない……!?

　いや、でも今は緊急事態だし仕方ない──って！

　なんか柚和くんすごく嫌そうな顔してるんだけど……！

「はぁ……咲桜先輩と同じ部屋とか無理すぎる……」

　ほ、ほらぁ……ため息ついてるし。

「地獄（じごく）っていうか、拷問（ごうもん）としか思えない……」

　まってまって。

　そんなにわたしと同じ部屋が嫌なのかな……!?

　地獄とか拷問とか、地味にショックなんだけど！

　さっきまでの甘々（あまあま）な柚和くんはどこへ!?

「僕は別のホテル探すんで。咲桜先輩はここに泊まってください」

　わたしに部屋のカードキーを渡して、今にも外に飛び出していきそう。

「えぇ!?　この雨の中探しに行くの!?」

「だって、そうでもしないと僕が大変なことになるんで」

「外のほうが大変だよ！」

「……いや、そういうことじゃないです」

　じゃあ、どういうことなの？

「そ、そんなにわたしと一緒に泊まるのやだ……？」

　柚和くんの服の裾をキュッとつかんだ。

　わたしなりの精いっぱいの抵抗。

「柚和くんがどうしても嫌なら、わたしが他に泊まるところ探すから」

「それはダメです。いま外に出たら危ないのわかってます？」

「それは柚和くんにも言えることだよ」

「いや、だから……」

「じゃあ、わたしロビーで過ごす！　柚和くんが部屋使って！」

　渡されたカードキーを柚和くんに返すと。

　それを受け取らずに、ものすごく渋った顔をしながら。

「……わかりました。咲桜先輩と一緒の部屋でいいです」

「抜け出してどこかに行くとかしない？」

「しない……です」

「いま間があったよ！」

　目が泳いでたし。

「ちゃんと部屋で過ごすんで。だから、咲桜先輩も無茶はしないでください」

　柚和くんが渋々折れてくれて、一緒の部屋で泊まることが決定。

　カードキーで部屋を開けて、ふたりで中へ。

　柚和くんはなぜか入り口に立ったまま。

「柚和くん！」

「…………」

「柚和くんってば！」

　わたしが近づくと、ささっと逃げていっちゃう。

　こんな俊敏な動きする柚和くんはじめて見たよ。

　……って、感心してる場合じゃなくて！

　おまけに目も合わせてくれないし。

「咲桜先輩」

　やっと口を開いたかと思えば。

「僕から半径１メートル以内に近づかないでください」

「は、はい？」

　こんな意味わからないこと言うし。

　さっきから柚和くんの様子がおかしい！

「いや、もういっそのこと部屋の中で分けましょう」

「へ、部屋の中で分ける？？」

「ここから半分を僕のスペースにするんで、咲桜先輩は入ってこないでください」

「えぇ！　な、なにそれ！」

　なんかへんてこなルール作られてるよ！

　さらに。

「フロントの人にお願いして衝立とか用意して──」

「もらわなくていいよ！」

　なんて言い合いをずっと繰り返して。

　なんとか柚和くんを落ち着かせることに成功。

　──で、今やっとふたりともシャワーを浴びて寝る準備

をすることに。

　というか、すごく今さらなんだけど。

　この部屋ベッドがひとつ……しかない。

　寝るところ……どうするのかな。

「咲桜先輩」

「ひゃ、ひゃい！」

「ベッドは先輩が使ってください」

「え、柚和くんはどこで寝るの？」

「床です」

「それじゃ身体痛いよ！」

「ひと晩眠れないよりマシです」

　いやいや、床のほうが眠れないんじゃ？

「……咲桜先輩が隣にいたら間違いなく寝不足だし」

「安眠妨害しないよ」

「だから、そういう意味じゃなくて」

「じゃあ、わたしも床で寝る！」

「さっき僕が折れたじゃないですか。だから今回は咲桜先輩が——」

「やだ、折れないよ！　柚和くんが心配だもん」

「咲桜先輩って結構頑固ですね」

「柚和くんこそ」

　——で、結局ふたりでベッドで寝ることになったんだけど。

　またしても柚和くんが変なことしてる。

「えぇっと、これは？」

　ベッドのど真ん中に並べられたクッションたち。

「クッションで仕切っておくのありかなって」

　どうやら、柚和くんはとことんわたしに近づきたくないらしい。

　ここまでされると、もはや彼女とは？って感じになるんだけど。

　誕生日デートは、あんなに優しくて甘さ全開だったのに。

　急に冷たくされて、気持ちが急降下していきそう。

「じゃあ、咲桜先輩おやすみなさい」

「…………」

　部屋の電気を真っ暗にして、ベッドのそばにあるライトだけはつけたまま。

　柚和くんがいるほうに背を向けて眠ろうとした。

　けど……。

　なんか悲しくなってきた。

　一緒の部屋に泊まりたくないって言われるし、近づくと避けられるし。

　おまけに今だって、こんなクッションをバリアみたいにされて。

　泣きたいわけじゃないのに、瞳に涙がじわっとたまってくる。

　泣いてるのバレたくない……。

　ほんの少し、音を立てないように鼻をすすると。

「……咲桜先輩？」

「っ……」

ずるい。

そんな優しい声で呼ぶなんて。

柚和くんの声を無視して、身体を丸めてると。

クッションがどかされたような気がする。

それに後ろに柚和くんの気配を感じる。

「先輩、泣いてます？」

「……っ、泣いて……ないっ」

「嘘つかないでください。声も震えてるのに」

「ゆわくんのせい、だよ……っ」

「僕のせいなら謝るんで、こっち向いてください」

　わたしのぜんぶを包み込むように、後ろからギュッと抱きしめてきた。

　ずるい、ずるい……。

　さっきは柚和くんのほうが避けてたくせに、こんな甘く触れてくるなんて。

「わたしと一緒にいたくないんでしょ……っ？」

「どうしてそう思うんですか」

「だって、ものすごく嫌がってたじゃん……っ。いつもの柚和くんじゃない……」

「…………」

「柚和くんに冷たくされたり、距離置かれたら悲しくなるし寂しい……の。今だって……」

　まだ言いたいことあったのに。

「……泣かないで、咲桜先輩」

「っ……ん」

　ちょっとだけ強引に柚和くんのほうを向かされて、軽く唇が重なった。

　触れたのは一瞬で、すぐにパッと離れていった。

「先輩が泣いてるのは放っておけない」

　いつもはもっとしてくれるのに。

　ボーッと柚和くんを見つめると。

「っ、だから……そういう上目遣いとか……可愛すぎて襲いたくなるから」

「わぷ……っ」

　柚和くんが近くにあったクッションで、わたしの顔をブロック。

　ま、また避けられた……っ。

　もうこうなったら。

　クッションをどかして、柚和くんにギュッと抱きついた。

「……っ、ほんとダメだって」

「わたしはもっと、柚和くんに触れたいの……っ」

「……いや、ほんとに今僕に近づかないでください」

「む……ゆわ、くん」

「だからっ……それ以上迫っちゃダメです」

　こんな慌てて余裕のない柚和くん見たことない。

　でも、わたしだって避けられてばかりは嫌だよ。

「ギュッてするだけでも、ダメ……？」

「……僕のこと殺す気ですか」

　顔全体を手で覆って、深くため息をついてる。

「そんな可愛くねだるのずるいですよ」

「離れるの寂しい……よ」

「僕だっていま余裕ないのに」

　何かと葛藤(かっとう)してるような。

　でも最終的には、わたしのおねがいを聞いてくれた。

「僕も咲桜先輩には甘いな……。ほんとかなわないですね」

　柚和くんの体温を近くで感じてることにドキドキする。

　それに柚和くんの腕の中は心地いい。

　なんでかわからないけど、もっと近づきたいって思っちゃう。

「あんまり動かないでください」

「……どうして？」

「僕だっていま理性保(たも)つのに必死なんですよ」

　よくわからずに首を傾(かし)げると。

　何か抑えてたものがプツリと切れたように、柚和くんの表情が崩れた。

「はぁ……咲桜先輩は何もわかってない」

「……？」

「俺がどれだけ我慢して、触れたい欲を抑えてるか」

　視界がぐるんと回って、ベッドがギシッと軋(きし)む音。

　真上に覆いかぶさる柚和くんによって、両手がベッドに押さえつけられた。

「ゆわ、くん……？」

「俺の欲だけで咲桜先輩を壊したくないのに」

　つながれた手に、さらにギュッと力が入ってる。

　余裕のなさそうな、熱を持った柚和くんの瞳。

「どうしてもうまく抑えがきかない……咲桜先輩に触れた
くて仕方ない」

　切羽詰まったような、何かをグッとこらえるような表情
をしてる。

「だから、部屋も分けたかったし、あんまり咲桜先輩に触
れないように距離取ってたのに」

　余裕がいっさいないような、熱くて本気の瞳が……とら
えるように見つめてくる。

「今は……キスだけで抑えられる自信ない」

　唇が触れるまでほんのわずか。

　ピタッと止まって、お互いの吐息がかかる。

「今ならまだ……抑えきくから。俺に触れられるの嫌だっ
たら、突き飛ばして逃げて」

「……じゃ、ない」

「……？」

「い、嫌じゃない……よ」

　むしろ、距離を置かれるほうが寂しい。

　それに、触れたいと思ってるのは柚和くんだけじゃない。

「わたしも、柚和くんにもっと触れたいの……っ」

「っ……、ほんと煽るのうますぎ……」

　さっきの軽く触れるキスより、もっと深くて……息もう
まくできない。

　荒々しいキスにびっくりしたのは一瞬で、すぐ熱に呑ま
れていく。

「ね……咲桜先輩もっと……」

「ん……ふぁ」

　わずかに口をあけると舌が入り込んできた。

　甘くて深い……全身が熱くなるようなキス。

　次第に身体の内側がうずき始めてきた。

「まだ……もっと」

「ぅ……ぁ」

　柚和くんに触れられたところぜんぶ……肌が火照って熱くなる。

「もっと……咲桜先輩の甘い声聞きたい」

「や……っ、ぅ」

　どうしようもない熱に身体をよじると、与えられる刺激がもっと強くなって。

「そんな、強くしちゃ……っ」

「はぁ……っ、可愛い……可愛すぎる」

　意識が飛びそうになると、首のあたりに噛みつかれたようなピリッとした痛みが走る。

「咲桜先輩のぜんぶ……あますことなく愛したい」

　ぜんぶを包み込まれるような……幸せな気持ちで胸がいっぱいになった。

僕の特別な彼女。～柚和side～

「うぁ……ぅ、な、なななんでこんなことに……っ」

「あんまり暴れると変なところ触りますよ」

「っ!? も、もうやだ! わたし先に出る!!」

「ダメですよ。まだ入ったばっかりなのに」

　あー、なんで僕の彼女はこんな可愛いんだろう?

　頬を真っ赤にして、ぷくっと膨らませて。

　恥ずかしそうにしてる姿が、たまらなく可愛い。

「ぅ……お風呂、ひとりで入りたい……」

「ひとりじゃ立てなかったじゃないですか」

「そ、それは昨日柚和くんが……っ」

「僕が?」

「う、や……」

「激しくしちゃったから?」

「い、言わなくていい……っ!!」

　朝起きたとき、咲桜先輩がお風呂は別がいいって言ったけど。

　脚にうまく力が入らないから、結局僕がお風呂に連れていって一緒に入ることに。

　それにしても、昨日の夜の咲桜先輩……めちゃくちゃ可愛かったなぁ。

　甘さと熱を忘れられないほど。

　朝、目が覚めたとき真っ先に咲桜先輩の寝顔が飛び込ん

できて。

　好きな人と迎える朝が、こんな幸せなものなんて知らなかった。

「一緒に入らなくてもよかったのにぃ……」

「今さら恥ずかしがらなくても、もうぜんぶ見て──」

「うぅぅぅ、もうやだぁ……っ!!」

　今も僕の腕の中で身を小さくしてる姿すらも愛おしい。

　ほんと可愛いなぁ。

「ってか、咲桜先輩のわがままも聞いてるじゃないですか」

　一緒にお風呂に入る前。

　電気はぜったい消して、入浴剤も入れてほしいって。

「で、電気消してても、朝だから明るいのむりぃ……」

　相当恥ずかしいのか、顔が半分以上お湯に浸かってる。

　ってか、後ろからだと顔見えないのがつまんないな。

「ひゃっ……な、なに……!?」

「んー……咲桜先輩の顔ちゃんと見たいなって」

　咲桜先輩の身体を軽く持ち上げて、自分のほうを向かせた。

「これでよく見えるね」

「な、なななっ……うぅ……っ」

　下からすくいあげるようにキスすると、口をパクパクさせてる。

　ほんと何しても可愛い。

　反応が可愛すぎるから、もっともっとしたくなる。

「こ、こんな明るいの無理すぎる……っ!　柚和くん今す

ぐ目つぶって……！」
「やだ。可愛い咲桜先輩が見えなくなるし」
　また軽くチュッてキスすると。
　目をぱちぱちさせて、あたふたしてる。
「も、もう……やぁ……」
　抵抗してるつもりなんだろうけど、それすらも可愛いっ
て。
「そういう反応、逆効果なのに」
「ふぇ……？」
「昨日だって、あんな可愛い声で……」
「うわぁぁぁ！　もうそれ忘れてよぉ……」
「忘れないよ。俺にとってはすごく幸せなことだったから」
　ギュッと抱きしめると、すっぽりおさまるくらい咲桜先
輩の身体は小さい。
「身体つらくない？」
「…………」
「咲桜先輩？」
「ゆわくんが……っ」
「……？」
「優しくしてくれた……から」
　あーあ、もう。
　この人、理性崩すのうますぎ……。
　自然と上目遣いで、しかも顔真っ赤にして見つめてくる
の反則でしょ……。
「……あんま煽んないで」

「っ……？」

「今は先輩の身体が大事だから、我慢するけど……。俺の理性にも限界あるから」

　あんまり攻めすぎると、咲桜先輩がキャパオーバーになって倒れそうだし。

＊　＊　＊

　月日は過ぎて、もう桜が満開の季節になった。

　咲桜先輩は３年生に、僕は２年生に進級した。

　今日は午前中の始業式のみ。

　咲桜先輩を教室まで迎えに行って、ふたりで過ごせる別校舎の部屋へ。

　ソファに座ってる咲桜先輩は、なぜかちょっと落ち込んでる様子。

　その理由が──。

「今年も柚和くんと同じクラスになれなかった……」

「まあ、そもそも学年違いますし」

　咲桜先輩は、たまにものすごく天然なことを言う。

　今だって、僕と同じクラスになれなくて本気で落ち込んでるし。

「わたしが留年するか、柚和くんが飛び級でもしない限りずっと無理じゃん！」

　ほら、この通り。

　冗談っぽく聞こえるけど、咲桜先輩は至って本気の様子。

　ここで僕が止めないと本気で留年するとか言い出しそう。

　まあ、それだけ僕と一緒にいたいって思ってもらえるのはうれしいけど。

「クラスは同じじゃなくても、会える時間あるからいいじゃないですか」

「でもでも、クラスでの席替えとかさ！　柚和くんの隣になれるかな〜とかドキドキしてみたいの！」

　目がキラキラ憧れモードになってる。

　ほんと咲桜先輩は、純粋っていうか、ちょっと夢見がちっていうか。

　そんなところも可愛いけど。

　僕以外の男に狙われたらたまったもんじゃない。

「咲桜先輩は出会った頃から変わらないですね」

「えっ、それってどういうこと!?」

「んー。まあ、可愛いなってことです」

「なんかまとめ方が雑だよ！」

　ちょっと怒ってるところも可愛いし。

　ほんと僕を夢中にさせる天才だと思う。

「ってか、柚和くん２年生ってことは後輩ができるんだよね！」

「そうですね」

「ど、どどどうしよう！」

「急にどうしたんですか」

「柚和くんぜったいモテる先輩になるじゃん！　後輩ちゃ

んからたくさんアタックされそう……」

「別に誰も僕のこと見てないですって」

「嘘だぁ……！　ってか、そもそも柚和くんって今すでにモテモテじゃん！」

「それそっくりそのまま先輩に返しますよ」

「えぇ、なんで!?」

　ほら自覚してない。

　咲桜先輩は、自分が気づいてないだけですごくモテるから。

　去年……僕が入学した頃、1年生の間で2年に可愛い先輩がいるって噂が流れてた。

　もちろん、それは咲桜先輩のこと。

　咲桜先輩と同じクラスの萩野先輩だっけ？

　あの人だって咲桜先輩のこと好きだっただろうし。

　それに気づかない咲桜先輩も、ほんとに鈍感すぎるけど。

「咲桜先輩は自分が可愛いって自覚ちゃんとしたほうがいいですよ」

「か、可愛い!?」

　いや、なんでそこでそんな驚くかな。

　ほんと咲桜先輩は自分のことには鈍い。

「とびきり可愛いですよ」

「な、なななっ、ぅ……」

　プシューッと効果音がつきそうなくらい、咲桜先輩の頬がどんどん真っ赤になっていく。

　いつも僕が嫌ってくらい、可愛いって伝えてるのに。

「柚和くんに可愛いって言われると、特別にドキドキしちゃう……っ」

「……またそうやって可愛いこと言う」

　僕の心臓を撃ち抜くのも、僕の理性をぶち壊すのも得意だし。

　そして、さらに。

「か、可愛い子いても浮気しちゃダメ、だよ……っ？」

　もはや咲桜先輩の可愛さに殺されそう……。

「わたしだけの柚和くんがいい……っ」

　毎回この可愛さを食らう僕の身にもなってほしい。

「僕はこんなに咲桜先輩に夢中なのに」

「っ……？」

「咲桜先輩だけですよ。特別に可愛くて愛したいと思うのは」

　ほんと可愛さが底をつきない。

＊　＊　＊

「ゆ、柚和くん。どうしてもおねがいしたいこと、あって」

「どうしたんですか？」

　何やら急に深刻そうな顔をして言ってくるから、逆に心配になる。

　普段明るくて元気な咲桜先輩が、だいぶシュンとしてるから。

　何を言われるか、少し身構えてると。

「今日ひと晩だけ、うちに泊まってほしい……の」

　僕の制服の裾を小さな手でギュッとつかんだ。

　少し遠慮気味にしてる。

「両親が旅行でいなくて。ひとりだと寂しいから……。その、柚和くんにそばにいてほしいな……って」

　たしかに、咲桜先輩をひとりにしておくのは心配。

　何かあってからだと遅いし。

　それに、僕を頼って甘えてくれるのは大歓迎だから。

「ご、ごめんね。こんなわがまま言って。ダメ……かな」

「そんな可愛いわがままならいくらでも聞きますよ」

　彼女が寂しがってるの放っておけないし。

　ってか、僕自身がいちばん驚いてる。

　他人に対してここまで何かしてあげたいとか、今までそういう感情なかったし。

　周りに対して壁を作って、いい子を演じるのが得意だった。

　幼い頃から、何かと完璧な兄と比較されるのに嫌気がさしてた。

　僕がどれだけ頑張ったところで、兄はそのさらに上をいくから、認められるのはいつも兄のほう。

　自分でも性格歪んでるなって自覚はしてた。

　兄さんは何も悪くないのに。

　僕が勝手に兄さんに対して、劣等感を抱いてるだけ。

　今となっては、少しずつそういう気持ちも消えていった。

　咲桜先輩と出会ったから……って言ったら大げさかもし

れないけど。

『お兄さんがどんな人柄かわからないけど、柚和くんには柚和くんのいいところがあると思うの。完璧な柚和くんもかっこいいけど、たまには誰かに弱いところを見せてもいいんじゃないかな』

『誰かと比べる必要はないと思うし、柚和くんは柚和くんらしくいればいいと思うの。人の目とか周りの評価なんて気にしなくても、そのままの柚和くんに魅力があるわけだし』

　咲桜先輩の言葉が、僕にどれだけ真っすぐ響いたか。

　ずっと誰にも言えなかった兄さんに対して思ってることも、咲桜先輩には自然と話せた。

　気づいたら、僕のほうが咲桜先輩の魅力に惹かれてた。

　いつも元気で明るいところとか。

　僕だけを見てくれる真っすぐさとか。

　思ってることを素直に言葉にしてくれるところとか。

　僕だけに見せてくれる可愛い一面とか。

　……あげだすとキリがない。

　それくらい、僕にとって咲桜先輩は特別で大切にしたい存在。

＊　＊　＊

「ほ、ほんとに今日うちに泊まって大丈夫？」

「心配しなくても大丈夫ですよ」

　咲桜先輩がひとりで寂しい思いをするほうが僕は嫌だし。

　それに、咲桜先輩はいろいろ抜けてるところあるから、ひとりにしておくのは心配すぎる。

「あ、それじゃあ、わたしお風呂入ってくるね……！」

　別にふたりっきりなのは、はじめてじゃないのに。

　緊張してるの丸わかりなくらい、咲桜先輩の挙動が不審っていうか。

　慣れてないのも咲桜先輩らしくて可愛いなって。

　それから１時間くらいして、咲桜先輩がお風呂から出てきた。

「お、おまたせ……っ」

　いや、ちょっとまって。

　咲桜先輩の普段あまり見ない姿に、理性がグラグラ揺れる音がリアルに聞こえそう。

　火照った肌とか、ほんのり香る甘い匂いとか……。

　ダメだ……何か別のことを考えて気をそらそう。

　いま咲桜先輩に近づくのは危険すぎる。

　こんな無防備な姿を見せてくるなんて。

　……とりあえず、ひとりになっていったん冷静になろう。

「僕もお風呂借りていいですか」

「う、うんっ。案内するね」

　今日泊まりにきたのは、咲桜先輩に寂しい思いをさせないため。

　いろんな邪念を捨てなければ。

　脱衣所に案内されて、ひとりになった途端。
「はぁ……なんかこれ拷問な気がする」
　彼女がそばにいたら、変な気が起きないわけない。
　ましてや、咲桜先輩は無意識に煽ってくるし。
　僕が抑えたらいいだけなんだけど。
　それを見事にぶち壊してくるのが咲桜先輩だから。
　上をバサッと脱ぎ捨てた瞬間。
　開くはずのない脱衣所の扉が、ゆっくり開いた。
　中に入ってきたのはもちろん咲桜先輩で。
　僕を見るなり一瞬固まったかと思えば、大きく目を見開いて何度もまばたきを繰り返しながら。
「えっ、わわっ……！　ご、ごめんなさい……!!」
　僕の姿を見て、かなり動揺してる様子。
「タオル……渡してないのに気づいて……！　もう柚和くんお風呂に入ったと思って……！」
　はぁ……襲われたくてわざと狙ってるのかな。
　咲桜先輩は、そんなあざとくないだろうけどさ。
「ちゃ、ちゃんと確認して中に入ればよかった──ひぇっ」
「覗きに来るなんて、先輩も危ないこと好きですね」
　壁に軽く手をついて、先輩の小さな身体を覆った。
　僕の腕の中で顔を真っ赤にして、あたふたしてる。
　こういうのが可愛いから、もっと攻めたくなるのに。
「ゆ、柚和くんセクシーすぎるよぉ……っ」
　自分の両手で必死に顔を隠して、僕のほうを見ないようにしてる。

　だから……そういうことされると、イジワルしたくなる
んだって。
「咲桜先輩から迫ってきたのに？」
「うぅ……これは不可抗力なの……っ！」
　いちいち反応が可愛いから、もっと見たくなる。
　けど、これ以上は僕も余裕なくなって止まらなくなりそ
うだから。
「逆に俺に食べられちゃうよ」
　おでこに軽くキスを落とすと。
「っ……ぅ、柚和くんのオオカミ……！」
　そそくさと脱衣所を出ていった咲桜先輩。
　オオカミって。
　まあ、あながち間違ってないか。
　咲桜先輩にだけは、オオカミになるかもしれないし。

＊　＊　＊

　お風呂から出てリビングに戻ると、咲桜先輩はクッショ
ンを抱えてソファに座ってた。
　僕を見つけると、ぷくっと頬を膨らませてる。
「あれ、怒ってます？」
「むぅ……オオカミ柚和くん……」
「そんな顔しても無駄ですよ。ただ可愛いだけなのに」
　隣に座ると、僕のほうをじっと見てくる。
「髪、まだ濡れてるよ」

「先輩が乾かしてくれる？」

　冗談半分のつもり。

　だけど。

「い、いいよ。今日だけ特別ね」

「じゃあ、お言葉に甘えようかな」

　乾かしやすいように咲桜先輩がソファに座って、僕はその前にクッションを敷いて座った。

「柚和くんの髪ってサラサラでうらやましい」

「そうですか？」

「わたしも柚和くんみたいになりたいよ」

「咲桜先輩の髪も充分きれいですよ」

　僕が触れるといつもさらっとしてて、ふわっと甘い匂いがするし。

　あー、ダメだ。

　こういうこと考えると触れたくなる。

　いったん今のは忘れよう。

　咲桜先輩が丁寧に乾かしてくれたおかげで、髪はあっという間に乾いた。

　ドライヤーの音が消えてから、ほんの一瞬のこと。

　お礼を言おうと咲桜先輩のほうを振り返ろうとしたら。

「……咲桜先輩？」

　僕の首元に、細くて真っ白な咲桜先輩の腕が回ってきて。

　後ろからギュッと抱きつかれてびっくりした。

「ゆ、柚和くんからわたしと同じ匂いする」

　いや無防備すぎる。

　いや可愛すぎる。

　いやこの誘惑ヤバすぎる。

　冷静な思考ぜんぶ飛んでいきそう。

「ギュッてしたくなっちゃった……っ」

「……っ、何それ……可愛すぎ」

　あー……いろいろまずい。

　これでもかってくらい、咲桜先輩から甘い匂いがする。

　そばにいるだけでクラクラしてくる。

　咲桜先輩は、ほんとつかみにくい。

　さっきまで恥ずかしがってたくせに、急にこんな大胆なことしてくるから。

　はぁ……僕の理性情けないな。

　ここはグッと抑えて――。

「ゆ、柚和くん……」

「……？」

「キス、したい……っ」

　プツリと自分の中で何か切れた音がした。

　もうどうなっても知らない。

　彼女にこんな可愛いこと言われて、抑えようとするほうが無理。

「……今のは咲桜先輩が悪い」

「へ……っ、んんっ」

　我慢できずに咲桜先輩をソファに押し倒した。

　自分の中にある欲をぜんぶ小さな唇にぶつける。

「……もっと口あけて」

「ふっ……ぁ」

　触れてるだけじゃ物足りない。

　少し強引にこじあけると、すんなり僕の熱を受け入れて
くれる。

　やわらかい感触、甘すぎる熱——咲桜先輩のぜんぶが、
僕の理性を奪っていく。

「ね……咲桜先輩もっと……」

「ん……ぅ、はぁ……」

　むさぼるように夢中になって、甘いキスにどんどん溺れ
ていく。

　どれだけ求めても足りない……もっとしたい。

「んっ……あ、ぅ……」

　無意識なのか、小さな手で僕のシャツをつかんできた。

　その仕草にすらクラッとくる。

　苦しそうだから少し離してあげたいけど。

「……ダメ。俺も我慢できないから」

「んん……ふっ」

　一瞬たりとも、この熱から離れたくない。

　もうたぶんキスだけで抑えるの無理……。

　欲望の赴くままに求めると、ほんとに歯止めがきかない。

　咲桜先輩の唇を塞いだまま。

　首元からスッと手を入れて触れようとしたら、ほんの少
しだけ顔をずらされて、唇がわずかに離れた。

「あ、明るいのやだ……ぁ」

　顔を真っ赤にして、恥ずかしそうに隠そうとしてる。

あーあ……それむしろ逆効果。

余計煽ってるのなんで気づかないんだろう。

「……っ、はぁ……もうほんと可愛い」

「きゃっ……」

こんな可愛い彼女を目の前にして止まれるわけがない。

「……このままベッド連れていっていい?」

身体の内側から沸々と湧きあがる熱が引くことはないまま——。

薄暗い部屋の中、咲桜先輩の身体をベッドにゆっくりおろした。

「ゆ、ゆわ……くん」

「……そんな可愛く呼ばないで」

「え……っ?」

「ほんと余裕なくなるから」

甘い誘惑、溶けそうな熱……もう理性なんてほぼ残ってない。

咲桜先輩の肌に触れるとやわらかくて、少し撫でると身体をピクッとさせて。

……この反応だけで、自分の中にある欲がどんどんあふれてくる。

「ね……咲桜先輩。もっと触れたい」

「っ、ドキドキして、死んじゃう……」

ほんの少し抵抗してるみたいだけど。

身体にうまく力が入らないのか、僕にされるがままになってる。

　この姿にすらも欲情して、止まらなくなる。

「咲桜先輩が誘ってきたのに」

「うぅ……誘ってなんか……っ」

「……きもちいいことしかしないから」

「ひぁ……っ、や」

「俺だけに……甘くて可愛い声聞かせて」

　ほんとは少し触れてキスだけで止めるつもりだった。

　さすがに、これ以上するのは──なんて、冷静な思考が戻ってきた直後。

「ま……って。服の中は、ダメ……っ」

「少し触れてるだけなのに？」

「うぅ……手抜いて……っ」

　ダメだ……反応が可愛すぎる。

　さすがにここで止まらないと──。

「ちょっ……なんでこんな無防備……」

「ふ……へ……」

　お腹のあたりを撫でて、上に滑らせた瞬間に思わず手を止めた。

「なんで何もつけてないの」

「っ……？」

　……僕の理性を試してるのかな。

　本人はなんのことかわかってない顔してるし。

　無意識に煽ってくるの勘弁してほしい。

「……先輩はほんと誘うのうまいね」

　背中を指先で軽くなぞりながら、真ん中あたりで指を止

めた。

「これじゃ俺が好き放題できちゃうよ」

　耳元でささやくと、やっと気づいたのか。

「うぁ……い、いつものくせで……っ」

　はぁ……無自覚に迫ってくるのいちばんタチ悪い……。

　しかも、ほんとに忘れてたのか恥ずかしそうに顔真っ赤にしてるし。

「誘ってくるし、煽ってくるし……。俺に襲われたくてわざとやってる？」

「なぅ……違うもん……」

　そんな可愛い顔してよく言う。

　本人は睨んでるつもりかもしれないけど、可愛いから効果ないし。

　無意識に煽ってくるのもたまらないけど。

　可愛い彼女に振り回されてばかりなのも、性（しょう）に合わないから。

「じゃあ、俺が満足するまで……たっぷり相手して」

「うぇ……っ、ちょっ、いったんストップ──」

「しないよ。可愛い彼女に誘惑されたら、理性なんてあてにならないから」

　咲桜先輩の両手をベッドに押さえつけて、真上に覆いかぶさった。

「な、なんか柚和くんいろいろ慣れてる……っ！」

「そんなことないよ」

「だ、だってだって……！」

「俺にとってはじめての彼女は咲桜先輩だし」
　こんなに触れたい衝動が抑えられないのは、僕がどこまでも咲桜先輩に夢中だから。
「咲桜先輩の可愛さ破壊力すごすぎるよ」
「うぇ……？」
「俺がどれだけ咲桜先輩のことが好きで好きでたまらないか……」
　どれだけ愛したって、愛し足りないくらい。
　愛おしすぎて、どうしようもないくらい。
「これからもずっと……その可愛さ俺だけに独占させてね」
　この可愛さを独占できるのは、一生僕だけでいい。

＊End＊

a f t e r w o r d ☆

あとがき

　いつも応援ありがとうございます、みゅーな＊＊です。

　この度は、数ある書籍の中から『猫をかぶった完璧イケメンくんが、裏で危険に溺愛してくる。』をお手に取ってくださり、ありがとうございます。

　皆さまの応援のおかげで、21冊目の出版をさせていただくことができました。

　本当にありがとうございます……！

　今回の作品は先輩ヒロイン×後輩ヒーローです！

　野いちごではなかなか珍しい組み合わせだったかなと思います。

　年下ヒーローは初挑戦でした！

　普段は敬語だけど、強引に甘く迫るときだけ敬語が取れたり、ふたりっきりのときだけ主語が"僕"から"俺"に変わる瞬間とかめちゃくちゃいいな……と。

　大人っぽくて年下っぽさをあまり見せないけど、ふとしたときに甘えてくる可愛さも年下男子ならではかなと！

　読者の皆さまにも年下ヒーローの魅力が少しでも伝わったらいいなと思います〜！

　またいろんなタイプのヒーローを書いてみたいなと思いました！

　最後になりましたが、この作品に携わってくださった皆さま、本当にありがとうございました。

　前作に引き続き、イラストを引き受けてくださったイラストレーターのOff様。
　はじめてイラストを担当していただいて6年、今作あわせて19冊も担当していただいてます。
　だいすきなイラストレーターさんにイラストをずっと担当していただけて本当に幸せです！　いつもありがとうございます！

　そして応援してくださった読者の皆さま。
　いつもわたしの作品を読んでくださり、本当にありがとうございます……！
　野いちごのサイトでいただく感想やレビュー、ファンレターなどいつもとても励みになっています！
　これからも応援していただけたらうれしいです……！

　ここまで読んでくださりありがとうございました！

2023年9月25日　みゅーな＊＊

作・みゅーな**

中部地方在住。4月生まれのおひつじ座。ひとりの時間をこよなく愛するマイペースな自由人。好きなことはとことん頑張る、興味のないことはとことん頑張らないタイプ。無気力男子と甘い溺愛の話が大好き。『吸血鬼くんと、キスより甘い溺愛契約』『ご主人様は、専属メイドとの甘い時間をご所望です。』シリーズ全3巻発売中。近刊は『完全無欠の超モテ生徒会長に、ナイショで溺愛されています。』など。

絵・Off (オフ)

9月12日生まれ。乙女座。O型。大阪府出身のイラストレーター。柔らかくも切ない人物画タッチが特徴で、主に恋愛のイラスト、漫画を描いている。書籍カバー、CDジャケット、PR漫画などで活躍中。趣味はソーシャルゲーム。

ファンレターのあて先

♥

〒104-0031

東京都中央区京橋1-3-1

八重洲口大栄ビル7F

スターツ出版(株)書籍編集部 気付

みゅーな**先生

**KEITAI
SHOUSETSU
BUNKO**
SINCE 2009

猫をかぶった完璧イケメンくんが、
裏で危険に溺愛してくる。
2023年9月25日　初版第1刷発行

著　者　みゅーな**
　　　　©Myuuna 2023

発行人　菊地修一

デザイン　カバー　粟村佳苗（ナルティス）
　　　　　フォーマット　黒門ビリー＆フラミンゴスタジオ

DTP　久保田祐子

発行所　スターツ出版株式会社
　　　　〒104-0031 東京都中央区京橋1-3-1　八重洲口大栄ビル7F
　　　　出版マーケティンググループ　TEL03-6202-0386
　　　　（ご注文等に関するお問い合わせ）
　　　　https://starts-pub.jp/

印刷所　共同印刷株式会社
Printed in Japan

ISBN　978-4-8137-1481-1　C0193